L'AMOVR VAINCV par
JEAN-GEORGES BARBARIN

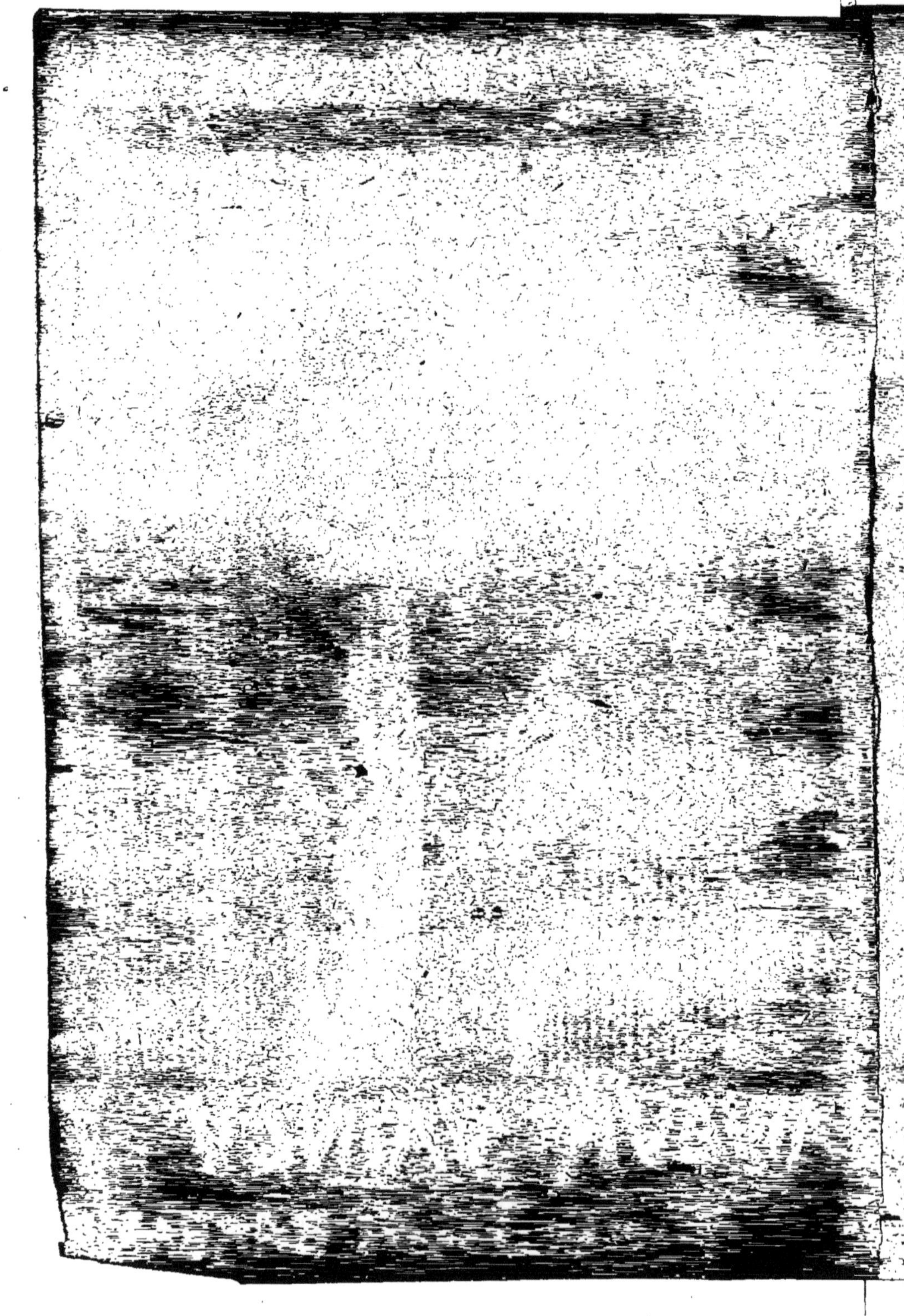

J.-G. BARBARIN

L'Amour Vaincu

I

— Oh ! Cécile fit Marguerite Vély, regarde les jolis bourgeons que le printemps est venu apporter pendant que le pion nous rasait avec les malheurs de Louis XVI...

Les deux jeunes filles rirent aux éclats, sans raison, simplement parce qu'elles étaient grisées de lumière et de jeunesse, et qu'elles éprouvaient le besoin d'exhaler leur juvénile alacrité.

Cette après-midi d'avril était exquise. Les maigres platanes du boulevard Rochechouart s'étaient parés de petites étoiles vertes qui se découpaient délicatement sur le ciel d'un cobalt laiteux. L'ombre légère, à peine violâtre, des svelte branches smaragdines, tremblait sur l'asphalte où le soleil épandait son or pâle.

Arrivées au vomitoire de la station d'Anvers, les deux lycéennes s'arrêtèrent.

— Est-ce qu'on va patiner à l'Elysée, en attendant Jacques ? demanda Marguerite.

— Je t'ai déjà dit que je ne voulais pas entrer dans cet établissement.

— Tu es trop fossile, tout de même, nous ne sommes plus des petites filles, quoi ; j'ai quinze ans et tu en as dix-huit. Nous pouvons aller partout. Mais tu as autant de préjugés qu'une pensionnaire de 1830.

— Peut-être, mais alors, toi, tu n'en as pas assez, de préjugés. Tu cherches à singer les gamines de Willy ou de Camille Pert. C'est un genre qui passera...

— Je sais que ton idéal à toi c'est la petite oie blanche chère à Bazin et à Bordeaux. Tu as beau être mon aînée de trois ans, tu es plus gosse que moi, va...

— Ecoute, Margot, je ne veux pas te faire la morale, mais comme tu es ma meilleure amie, ça m'affligerait que tu suives une mauvaise voie. Souviens-toi de Pauline et Charlotte qui étaient au lycée avec nous, celles qui voulaient faire les affranchies, les libérées ; je les ai vues, hier, entrer à Tabarin, à moitié ivres ! Pauvres parents, qui avaient fait des sacrifices inouïs pour les faire instruire, quelle récompense, hein !

— Mais qui t'a dit que je voulais suivre leur exemple. Je veux simplement me dégager des formules surannées qui empêchent de connaître la vie, d'aimer et d'être aimée avant l'âge f'é par les sottes convenances. Je suis femme, je sais que la jeunesse est courte, je veux donc me hâter de vivre ma vie. Est-ce déraisonnable ?

— Non, seulement tu partages le travers de beaucoup de jeunes filles ou de jeunes gens de notre époque, tu crois n'avoir que des droits et pas de devoirs.

— Malheureusement si, j'en ai des devoirs, railla Marguerite, c'est même ce qu'il y a de plus rasant comme algèbre... Allons, tu te froisses parce que je plaisante, je crois que nous ne nous comprendrons jamais. Nos éducations premières ont été trop dissemblables. Tes parents, qui sont de braves commerçants t'ont élevée dans le culte de tou es les conventions établies, tandis que chez mon père, journaliste et auteur dramatique, fréquentaient des gens qui ne respectaient aucun préjugé — ce qui ne les empêchait pas d'être très estimés et même très admirés. — Ah ! comme milieu, ça faisait une différence avec celui de l'oncle Goupil...

— Tes parents ont divorcé ?

— Naturellement. Et quand maman s'est remariée, comme j'étais déjà grande, je suis venue habiter chez mon oncle Goupil.

— C'est pourtant un artiste, lui aussi ?

— Penses-tu ! C'est un dessinateur de figurines de modes. Mais il a un élève qui a déjà beaucoup de talent. Tout le monde dit que ce sera un grand peintre.

— Ah ! oui. Lucien Pradès, tu m'en as déjà parlé. Tu l'aimes toujours ?

— De plus en plus. Hélas, il est encore plus arriéré que toi. Il va à la messe tous les matins.

Je sais bien qu'il m'aime aussi, mais il croirait commettre un crime en le laissant voir. C'est un garçon qui ne connaît rien de la vie ; sa mère, qui a perdu son autre fils, l'a gardé près d'elle jusqu'à dix-neuf ans. Quoique charmant et très intelligent, il est d'une timidité inconcevable. Quelle tristesse que son cerveau soit obscurci par les brumes de la religion !

— Alors, où veux-tu en venir ?

— J'espère que l'amour sera plus fort que ses scrupules puérils, et, au besoin, j'aiderai la Providence...

— Si ton oncle s'aperçoit de quelque chose ?

— Il ne s'apercevra de rien ; et puis, quand même, cela n'a aucune importance, je suis libre. Tiens, voilà ton ami...

— Mon fiancé, rectifia gentiment Cécile.

Un grand jeune homme, brun venait vers elles. Il était coiffé d'un large sombrero. Ses yeux luisaient d'intelligence et de hardiesse.

— Imagine-toi, lui dit Cécile, que Marguerite m'a traitée de fossile parce que je ne partageais pas ses idées au sujet de l'éducation des filles.

— C'est elle qui retarde, fit Jacques Hélan en souriant, un courant invincible emporte en ce moment le goût du vice loin de nos mœurs. Oui, malgré le tango et toutes les maxixes, nous revenons lentement, mais sûrement, vers la vie simple, vers la vie saine. Et il est temps, car notre pays allait crever de cette fanfaronnade du vice.

— Oh ! Monsieur Jacques, on voit bien que vous êtes poète, répliqua Marguerite, vexée, vous n'êtes guère clairvoyant.

Et, après un rapide adieu, la fillette quitta le couple et prit la rue de Steinkerque. La glace de l'Elysée-Montmartre refléta un instant son image. Sa grâce et son élégance valaient à Marguerite une admiration insistante et parfois insultante. Le corsage de tussor s'échancrait hardiment sur la gorge menue et pleine. De l'étroite jupe de serge marine, les jambes, longues et d'un modèle parfait, jaillissaient, gainées de soie noire. L'immense capeline de paille souple ombrait de mauve son exquis visage qui semblait surgir d'une toile de Watteau.

Une jeune fille rejoignit Marguerite et lui frappa sur l'épaule.

— C'est toi, Margot, tu n'es pas encore rentrée. Ah ! oui, tu étais avec Cécile. Son poète vient de la rejoindre, hein ! Il est passé devant moi, tout à l'heure. Il fait toujours de la littérature ? Au fait, tu ne sais pas, il paraît qu'il paye tant la ligne pour faire insérer ses œuvres dans la petite revue où il écrit. Comme son volume de vers, le « Réveil », c'est son père qui l'a édité, son père, qui est directeur d'une grande imprimerie. Beau mérite, hein ! Alors je ne vois pas pourquoi il se permet de faire la morale aux autres... Tu viens avec moi, je vais à l'apéritif-concert du Moulin, c'est plus amusant que le Lycée, tu sais !

— Non, je rentre, répondit Marguerite qui pensait à Lucien.

II

— Vous êtes seul ? demanda la jeune fille en entrant dans l'atelier.

— Oui, fit Lucien, votre tante, indisposée, est montée dans sa chambre et M. Goupil est allé chercher des clichés pour le catalogue du « Printemps ».

— Quel dessin faites-vous ?

— C'est pour un concours de l'école. Le sujet est l'illustration de « Daphnis et Chloé », ce qui m'ennuie un peu, car je ne connais pas ce livre et maman m'a défendu de le lire. M. Goupil m'a dit que ça ressemblait un peu à « Paul et Virginie. »

— Mais pas du tout, ces deux livres sont tout à fait dissemblables,

Virginie est le prototype de la jeune fille chrétienne, tandis que Chloé, c'est une petite païenne naïve et sensuelle.

— Oh ! Vous avez donc lu ce livre, Marguerite ?

— Mais oui, il y a même longtemps... Je vois que vous êtes embarrassé, si je vous laisse faire vous allez pondre un dessin exécrable et vous serez mal classé. Attendez, dit-elle, frappée d'une inspiration soudaine. Je vais vous poser votre « Chloé », moi... Et avant que le jeune homme ait pu protester, elle disparut dans la chambre voisine.

Le cœur de Lucien battait à grands coups, car le moindre contact avec Marguerite le laissait tout pantelant. Cette sensibilité maladive était le fruit d'une éducation spéciale, développée dans une ambiance exclusivement religieuse.

Quatre ans auparavant, alors qu'il habitait encore Arles avec sa mère, son frère aîné était venu faire son droit à Paris. Atteint d'une maladie intime dont il s'exagérait la gravité, il se logea une balle dans la tête.

La pauvre maman fut assommée par ce coup terrible et se jura d'écarter de son second fils les périls qui avaient provoqué le suicide de son aîné.

Pour lui éviter les tentations, les mauvais exemples du collège, elle l'avait fait instruire près d'elle par un brave ecclésiastique, l'abbé Ramont. Ses leçons ne pouvaient qu'accroître démesurément en Lucien les propensions mystiques héritées de sa mère.

Lorsque Lucien, vers la dix-huitième année, vint habiter Paris pour y continuer ses études de dessin, il possédait encore une candeur absolue. Un cousin à lui, le sculpteur Armand Pradès, le fit entrer chez son beau-frère Goupil, un dessinateur de modes qui cherchait un élève.

Le jeune méridional, qui ne se souvenait pas d'avoir adressé la parole à une jeune fille, se trouva donc soudainement transplanté dans l'intimité de Marguerite dont l'éducation avait été exactement l'antithèse de la sienne.

Le père de Marguerite, René Vély, journaliste équivoque et fêtard impénitent, avait transmis à sa fille un sang brûlé par les excès de toutes natures. Elle fut donc d'une précocité anormale, encore développée par l'ambiance malsaine dans laquelle elle vivait. Chez Vély, fréquentaient en effet des cabotins, des bohèmes dont la conversation n'était guère de nature à sanctifier la fillette.

A ces fréquentations déplorables, un nouvel élément de désorganisation morale vint bientôt s'ajouter. Sa très vive imagination trouva dans la lecture un aliment puissant et elle puisa sans choix dans la bibliothèque de son père, s'assimilant peu ou prou les œuvres les plus disparates, puis bientôt revenait de préférence aux livres propres à satisfaire les tendances perverses qui vivaient en elle.

A douze ans, elle avait lu des traductions d'Horace, d'Apulée, de l'Arétin, les ouvrages de Voltaire, Crébillon, Restif, Gautier, Zola et Mendès.

Ces lectures prématurées, qui auraient eu sans doute une influence néfaste sur toute autre fillette, la préservèrent au contraire de la dépravation banale qui eût été la conséquence fatale de son adolescence polluée.

Elle acquit de la sorte une mentalité quadragénaire, déconcertante chez cette jolie gamine. Puis, cette intense culture littéraire, enrichissant encore son ardente imagination, l'incita à écrire. Des petits succès qu'elle obtint au Lycée George Sand décidèrent de sa vocation. Elle serait femme de lettres.

Telle était la jeune fille que le hasard avait mis en présence de Lucien. Produit inquiétant et charmant d'une société où le plaisir physique était érigé à la hauteur d'une philosophie.

— Voici Chloé, fit Marguerite en poussant la porte et le chambranle l'encadra drapée à la grecque dans des voiles de linon blanc, si belle que le jeune homme ne pouvait détacher son regard de la magique apparition.

Ainsi vêtue, elle ressemblait d'une façon frappante à la célèbre « Nausicaa » du musée du Louvre.

Le cou, délicatement attaché aux épaules éburnéennes, fléchissait sous les somptueuses torsades de ses cheveux sombres.

Serti dans cet ébène aux luisances de bronze, le visage offrait un ovale parfait. Les yeux de lazzulite brillaient sur la peau d'un rose lilas. La bouche, petite et charnue, s'entr'ouvrait sur la nacre humide des dents.

Des œillets blancs tressés en couronne irradiaient sur la prestigieuse toison de nuit.

vous ne voilez rien, voit-elle. Ne me trouvez-vous pas à votre
goût ?

— Oh ! fit Marguerite, mais si votre oncle vous trouvait dans ce costume ? Songez qu'il peut rentrer d'un instant à l'autre !

— Bah ! qu'est-ce que ça fait, l'art excuse tout. Allons, travaillez.

La main tremblante du dessinateur dansait sur le papier, rebelle. Soudain, une tiédeur l'enveloppa. Marguerite était près de lui, penchée. Il respirait son souffle.

— Pourquoi tremblez-vous ainsi, Lucien, c'est moi qui vous bouleverse à ce point, mais pourquoi, pourquoi... Je vous fais donc peur ?

Câline, elle lui prit la main, s'approcha encore.

Alors, ivre, vaincu, Lucien s'abandonna. Il couvrit de baisers le joli front pâle, les oreilles transparentes, les lèvres à la saveur sucrée... Une folie montait en lui...

La porte d'entrée claqua.

— Mon oncle, murmura Marguerite en se dégageant de son étreinte, et, traversant l'atelier d'un bond, elle disparut dans sa chambre.

III

Le dimanche qui suivit cette scène, Lucien, assis sur un banc du square Saint-Pierre, prenait un croquis du dôme du Sacré-Cœur, émergeant d'un massif de marronniers.

— Fichtre, fit une voix connue, tu en pinces un peu fort pour le dessin. Ce que tu fais chez moi en semaine ne te suffit pas ; il faut que tu travailles encore le dimanche.

Lucien se leva et serra la main de son patron et professeur, M. Goupil.

— Allons, laisse-là ton album et viens faire un tour avec moi. Tu as dix-neuf ans, que diable, il faut quelques distractions à ton âge. Tu ne vas donc jamais danser au Moulin de la Galette, non ? Drôle de petit bonhomme !... Oui, je sais que la maman veut que l'on reste sage, mais elle n'est pas toujours là pour te surveiller. Tu n'es pas claustré, j'imagine... et un joli gars, comme toi, doit bien avoir quelque part une petite amie, hein ?

— Oh ! non, monsieur, protesta Lucien tout rougissant en pensant à Marguerite.

— Eh bien, mon petit, continua Goupil, je ne suis pas fâché de t'avoir rencontré aujourd'hui. Nous pourrons faire pleinement connaissance. A la maison, ce n'est guère facile, il y a le travail, et puis Mme Goupil ou ma nièce sont toujours là. Aujourd'hui, nous pourrons parler à cœur ouvert. Je te connais si peu, ton cousin Armand m'a simplement mis au courant du malheur survenu chez toi, le suicide de ton frère, mais j'ignore tout de ta mère. J'ai seulement entendu dire qu'elle t'avait élevé comme une fille et qu'elle aurait voulu te voir prêtre, est-ce cela ?

— Oui, et c'est mon goût pour la peinture qui l'a empêchée de réaliser son dessein.

— Tu viens de faire un jeu de mots sans t'en apercevoir... mais reprenons... c'est alors que vous avez quitté Arles pour Paris et que mon beau-frère Pradès, ton cousin, m'a prié de te prendre à mon atelier. Evidemment, ce n'est pas chez moi que tu deviendras un Renoir ou un Delacroix, mais tu feras un bon dessinateur de modes et si, réellement, tu dois devenir quelqu'un comme je le crois, rien ne t'empêchera de travailler. Seulement je tiens à te mettre en garde contre certaines illusions de ton âge. A vingt ans, qui n'a pas rêvé de devenir célèbre. De nos jours, même avec du talent, on ne réussit pas toujours. Et la chute est d'autant plus brutale que l'on a voulu monter plus haut. Ainsi, moi, lorsque j'étais élève de Gérôme, je me croyais destiné à la gloire la plus éclatante et je suis réduit aujourd'hui à faire des catalogues...

« Tiens, viens avec moi à « Gavarni », je vais te montrer quelques échantillons de ratés dans mon genre. Ce spectacle te sera salutaire.

Par la rue Lamark et la rue des Saules, ils se rendirent à ce cabaret fameux, rendez-vous de ce que la bohème compte de plus obscur.

Dans le petit jardin attenant à l'établissement, une dizaine de gaillards barbus et chevelus, jouaient au cochonnet. Ils pénétrèrent dans la salle dont les parois disparaissaient sous les innombrables pochades hétéroclitement assemblées. Des faux dessins de Guys voisinaient avec d'authentiques Sisley, un Vallotton faisait tache entre deux clairs pastels de Chéret, œuvres d'un adroit plagiaire...

[...] de grands gestes. Des bribes de phrases parvenaient jusqu'à Lucien [...]

— Nous repoussons l'étiquette de futuristes, de cubistes, d'orphistes, nous sommes surnaturalistes. Comment ? puînistes ! Quel est le misérable qui a prononcé ce mot ? Le brouhaha grandissait, dégénérait en tumulte, des poings se tendirent. On s'interposa; Goupil, souriant narquoisement, emmena Lucien à une table placée assez loin des belligérants.

— Deux bocks, commanda Goupil au garçon, puis, se tournant vers son élève:

— Tu vois que dans les cénacles les discussions ne sont pas toujours courtoises.

Une jeune femme entra dans le cabaret et se dirigea vers un groupe de consommateurs : cheveux oxygénés, yeux cernés de khol, bouche saignant sous le carmin : c'était une Montmartroise pur sang.

— C'est un modèle, expliqua Goupil en souriant indulgemment. Tiens, vois-tu, ils sortent. Ils vont faire du « plein air » dans le jardin.

Un petit homme chauve d'une quarantaine d'années vint s'asseoir à leur table.

— Me reconnais-tu, vieux, dit-il à Goupil. Et comme l'autre, visiblement, ne trouvait pas, il dit son nom : Carnute.

— Eh bien, en effet, fit Goupil, j'aurais pu chercher longtemps. Tu n'es donc plus imprimeur à Avignon ?

— Hélas ! non, c'est ma femme que tu viens de voir ici. Elle pose, toute nue, devant tous ces rapins.. Le petit homme essuya une larme, il paraissait très ému. Se maîtrisant, il reprit :

— Je vais t'expliquer ce qu'il y a eu dans ma vie. Quand tu m'as connu, j'étais imprimeur là-bas ; les affaires marchaient bien, j'étais heureux. Puis, un jour, une jeune femme m'apporta une plaquette de vers à imprimer. Elle était institutrice chez des gens de Paris qui venaient passer l'hiver en Avignon. Je lui prêtai des livres. Nous fîmes connaissance. Elle était si jolie, si désirable, que l'inévitable se produisit : j'en devins amoureux. J'avais bien des éclairs de lucidité, et alors je pensais : « C'est folle à mon âge, au seuil de la quarantaine, de vouloir épouser cette enfant de vingt ans. Je vais faire mon malheur ». Mais, baste, l'amour fut le plus fort et j'épousai ma petite institutrice. Ah ! les premières années comme nous avons été heureux ! Puis, peu à peu, je m'aperçus que ma femme se détachait de moi, elle ne s'occupait plus du tout de l'imprimerie, elle lisait tout le temps, elle recevait un tas de revues de Paris, des livres aussi. Enfin, elle écrivit un roman : « Vivre sa vie », et c'est alors que précisément la vie devint intenable. Elle ne me disait plus que des choses désagréables : « Je ne suis pas une petite bourgeoise, moi, je suis une artiste. J'ai été folle de lier ma vie à ta médiocrité, je resterai toujours une incomprise ». Je te laisse à penser si j'étais malheureux, car je l'aimais chaque jour davantage. Une petite fille naquit. J'en augurai beaucoup d'espoir. Hélas ! un an après, ma femme fichait le camp à Paris avec un sculpteur. Elle vivait sa vie, quoi ! Alors j'ai été lâche, je l'aimais tant ! Et puis les regards apitoyés des voisins me faisaient mal, j'ai tout vendu, je suis venu ici, et je l'ai reprise... oui... pour la petite et pour moi... c'était trop dur d'en être séparé. Alors maintenant, elle fait de la littérature, de la drôle de littérature, elle est de l'école orphiste. Je me suis établi imprimeur rue Lepic, c'est moi qui édite leur revue, une revue futuriste ; comme ça, tu comprends, je la tiens, je suis sûr qu'elle ne s'en ira plus... Voilà mon incroyable aventure !

— Mon pauvre vieux, va, murmura Goupil, ému, mais tes affaires, ton imprimerie, ça marche ?

— Assez bien. A propos, reprit Carnute, j'aurais besoin de vues en couleurs des coins pittoresques de la Butte, pour illustrer le bouquin d'un client. Ça s'appelle « La Fin de la Butte ». Pourrais-tu me faire ça, toi ?

— Moi, non, j'ai trop de travail en ce moment avec mes catalogues, mais mon élève que voici pourrait te faire ces aquarelles. Il a justement un album de dessin sur lui. Tu peux te rendre compte de ce qu'il fait.

— Ma foi, c'est très bien, reconnut l'imprimeur ; il peut commencer par me faire quatre planches : le « Parc Cortot, le Moulin, la Maison de Berlioz et le Lapin agile ». Je peux vous donner cinquante francs, dit-il au jeune homme, ça vous va ?

Lucien, ravi de ce premier gain, acquiesça.

Son chevalet planté à l'ombre d'un magnifique paulownia, gloire du parc de la rue Cortot, Lucien peignait la prétendue maison de la « Belle Gabrielle ». La matinée d'avril était très chaude. Une haleine parfumée montait de ce petit Eden.

Le sol très déclive s'était paré de la soie toute neuve du gazon printanier, ocellé de pâquerettes et de boutons-d'or. Deux pommiers étendaient leurs ramures poudrées à frimas par les pétales de neige rosissante sur l'éclatante floraison des lilas dont les thyrses blancs, roses ou mauves se détachaient sur la viridité sombre du feuillage.

Lucien, grisé de parfum et de lumière, jouissait de l'heure adorable.

— Coucou, fit soudain une voix derrière lui.

Le jeune homme se retourna et vit Marguerite émerger d'un massif de lilas.

— Comment, c'est vous, fit-il stupéfait. Vous n'êtes pas allée au lycée ?

— Mais c'est jeudi, monsieur le peintre, répondit la fillette, mutine. Ça vous ennuie donc beaucoup de me voir. Si, si, ça vous ennuie, ne protestez pas. D'ailleurs, depuis que mon oncle a failli nous surprendre, l'autre jour, vous m'évitez, craignez-vous que je lui fasse des confidences ou bien avez-vous des remords ?

— Votre attitude est inconvenable. Je vous plais, je le sais et vous me fuyez, permettez-moi de vous dire que je vous trouve un peu ridicule, Lucien. Je sais bien que vous me considérez comme une petite païenne et que vous êtes très pieux... mais rassurez-vous, vous ne courez aucun risque d'être damné, par ma faute, vous êtes beaucoup trop sage pour cela...

— Ecoutez Marguerite, vous avez tort de vous moquer de moi comme vous le faites, je sais qu'à vos yeux, j'ai le grand tort d'être croyant et de pratiquer ma religion. D'autre part, vous vous plaisez à me tenter, à me faire commettre des péchés... vous riez, mon langage vous paraît grotesque... Ah ! combien j'ai de peine de vous savoir si différente de moi, si légère... Je m'effraye, vous voyant si jeune, à la pensée de ce que vous deviendrez. Si vous saviez comme je vous aime, moi, oh ! purement, pas comme vous voudriez... comme une petite sœur.

— Mais vous pleurez, si, si, vous pleurez, mon Dieu est-il permis d'être aussi enfant à votre âge, moi aussi je vous aime. Lucien, vous le savez bien, mais je me désole en vous voyant si faible, si puéril. Croyez-vous que nous commettrions une faute en nous aimant gentiment, non, Lucien cela ne le croyez pas, nous avons le droit de nous aimer... Ah ! si vous connaissiez un peu mieux la vie, comme moi je la connais, car on apprend très bien la vie dans les livres, vous comprendriez que notre tendresse est légitime, sacrée même. Vous regretterez plus tard, lorsque vous aurez touché du doigt toutes les laideurs, toutes les malpropretés du monde, de n'avoir pas su savourer le parfum rare de notre idylle. Vous souriez, maintenant, vous trouvez que ces phrases sont déplacées dans ma bouche, n'est-ce pas ?

— C'est vrai, Marguerite, quand vous me parlez ainsi, je ne puis croire que vous avez quinze ans...

— Si j'étais méchante, je vous répondrais que l'on ne dirait guère que vous êtes un homme de vingt ans, vous !

— Vos railleries ne me touchent pas. Vous êtes une petite poupée moderne, trop moderne, vous ne comprendrez jamais, vous, ce que signifie le mot vertu...

— Ça y est, vous allez encore me faire la leçon... Permettez-moi une question : vous estimez donc que l'amour est un crime ?

— Pardon, Dieu bénit l'amour dans le mariage...

— Eh bien, épousez-moi, grand bêta ;

— Y songez-vous, Marguerite, nous sommes trop jeunes...

— Mais non, le Code nous autorise à nous unir, j'aurai l'âge exigé dans huit jours ! Vous ne trouvez plus d'objections, eh bien, si vous m'aimez, comme vous le dites, nous sommes fiancés... ça n'a pas l'air de vous enchanter, vous pouvez vous vanter de ne pas être un type ordinaire, vous savez, vous... Enfin, puisque nous sommes des « promis » nous pouvons bien nous embrasser, s'pas, ce n'est plus contraire à vos principes ?

Câline, la jeune fille, s'approcha du dessinateur dont les joues s'empourprèrent. Il sentit la tiédeur de ses lèvres caresser son front. Une odeur complexe et troublante montait du joli corps souple offert à ses baisers. Affolé, il l'étreignit, mordit la bouche fraîche, respira la senteur fauve de ses cheveux, ses mains s'égarèrent...

Soudain, une voix venant du fond du parc appela :

— Lucien, es-tu là ?

— Mon cousin Armand, murmura le jeune homme subitement dégrisé. Cachez-vous vite.

Marguerite se jeta dans l'épais massif de lilas. Il était temps. L'intrus apparaissait déjà au tournant de l'allée. C'était un homme de haute taille, au beau visage de Sarrazin affiné.

— Tiens, tu es seul. Goupil m'avait pourtant dit : « Je suis sûr que tu trouveras Marguerite près de lui, elle est soi-disant partie voir son amie Cécile, mais je crois bien qu'elle est allée rejoindre mon élève. Il a même

— *Coucou, fit soudain une voix derrière lui (page 6).*

ajouté : Ces deux petits êtres-là ne sont jamais d'accord, ils se disputent tout le temps, et finalement, ils ne peuvent pas se quitter. »

« Moi qui croyais faire connaissance avec ma belle-fille aujourd'hui ! je suis déçu ! Car je ne l'ai jamais vue, Marguerite. Il y a pourtant déjà deux ans que j'ai épousé sa mère.

« Ça te paraît drôle, hein. C'est pourtant la vérité. D'ailleurs, je crois ma femme ne tient pas à ce je la rencontre, elle craint que la vue de la petite m'affecte en me rappelant son ex-époux.

« Et cette commande du père Carnute, ça avance ? Pauvre bonhomme, il a épousé une détraquée comme il y en a trop dans notre monde des ateliers. Tu l'as vue, hein ? C'est effrayant ce qu'il y en a de ces femmes

...isse à l'oralité. Dans un livre de Marguerite, il a trouvé des vers d'un genre effroyable, des vers qu'elle a composés, oui.

« Voilà nos lycéennes de l'an 1914 ! A propos, permets-moi de te faire une recommandation, probablement inutile, car je connais ton caractère. Si parfois, la petite voulait engager un flirt avec toi, ne te laisse pas enjôler, hein !

« Je tenais à te dire ces choses, car, après tout, tu es jeune, l'enfant est très jolie, paraît-il, et la chair est faible. Je sais d'ailleurs que tu as l'âme trop élevée pour te permettre de jouer un rôle douteux. Sur ce, au revoir, viens dîner un soir avec nous, je te montrerai ma « Cypris » en marbre que je vais exposer à la « Nationale ».

Et le sculpteur s'éloigna après avoir serré la main de son cousin. Marguerite sortit de sa cachette. Elle avait tout entendu, sa pâleur l'attestait ainsi que des larmes qui perlaient à ses cils.

— Je m'en vais, dit-elle d'une voix tremblante, je vois que tout le monde me méprise et me déteste, Maman ne m'aime pas non plus. Est-ce ma faute si je lui rappelle l'homme qui l'a fait souffrir ? Laissez-moi, Lucien, j'ai trop de peine, je ne vois plus clair en moi-même, laissez-moi partir.

Bouleversé par mille sentiments contradictoires, le jeune homme la vit s'éloigner, la jolie petite créature tout à l'heure rieuse et mutine, qui maintenant avait si mal de se sentir incomprise et méprisée.

V

Le petit appartement que la mère de Lucien avait loué en arrivant à Paris était sis au cinquième étage de la maison qui occupe l'angle de la rue Lamarck et de l'escalier Paul-Albert.

Cet immeuble bancal était la pointe ultime d'un promontoire dressé devant l'immense panorama de Paris. La chambre de Lucien prenant jour sur le pan coupé, le jeune homme pouvait jouir de sa fenêtre d'une vue magnifique.

Ce soir-là, le jeune homme, assis près du chambranle, assistait à la prestigieuse agonie du jour. A l'Occident, flottait une large écharpe d'un vert d'algue marine, jaspée de stries rouges et de fibrilles d'or en fusion. Le zénith était limpide et pâle comme un saphir opalisant.

Il contemplait la féerie vespérale d'un œil morne, sans en goûter le charme, perdu dans le désordre de ses sentiments.

Le jour de Pâques approchait, il lui faudrait donc avouer à son confesseur tout ce qui s'était passé depuis quelques semaines.

La grâce se retirait de lui, il le sentait bien, il n'avait plus cet élan dans la prière, cette foi joyeuse qui l'avait si longuement protégé contre toutes les embûches du démon.

Car c'était certainement le démon qui avait pris pour le tenter et le perdre le visage charmant de Marguerite.

Allons, il fallait être fort, il fallait vaincre l'esprit du mal et tout d'abord s'éloigner des mauvais enchantements, ne plus retomber dans des sentiments coupables, en un mot : ne plus revoir Marguerite.

Ne plus la revoir... Son cœur se brisait à l'idée de ne plus jamais entendre sa douce voix chantante, de ne plus contempler l'harmonie exquise de ses attitudes.

Le jeune homme bouleversé par ce combat de sa piété et de son amour jeta les yeux vers le ciel pour y chercher un secours.

Le ciel n'était plus qu'un vaste dôme de lapis transparent, de ce bleu profond et diaphane des nuits claires de printemps. Les premières étoiles scintillaient, très haut, comme des gouttes de mercure.

Alors, désolé de ne pas voir Dieu dans ce ciel impassible, ressentant pour la première fois les affres du doute, il comprit qu'en son cœur le mauvais esprit avait vaincu et qu'il était sa proie.

Soudain, un faible gémissement monta de la chambre voisine où reposait sa mère. Le jeune homme s'élança et entra dans la pièce où l'attendait un tragique spectacle.

Mme Prades, étendue sur le lit, blanche comme un marbre, ne respirait plus, foudroyée par une embolie au cœur.

Lucien couvrait de baisers le visage déjà glacé qu'il baignait de ses larmes.

Tout à coup une idée horrible entra comme un coin d'acier dans son cerveau. Cette mort, Dieu ne l'envoyait-il pas pour punir dans ses affec

Oui ! c'était bien cela, le Tout-Puissant châtiait la brebis souillée. Vingt exemples bibliques vinrent appuyer cette certitude.

Alors, du plus profond de son âme mystique, le jeune homme, éperdu d'horreur et de remords, balbutia :

— Mon Dieu, pardonnez-moi !

VI

En sortant du cimetière d'Auteuil, Armand Pradès, désorienté, s'arrêta à l'angle des rues Claude-Lorrain et Boileau. Le viaduc du chemin de fer qu'il aperçut à l'extrémité de cette dernière voie suffit à lui indiquer sa direction.

Les diverses phases de l'enterrement de Mme Pradès repassaient devant ses yeux avec la netteté d'un film cinématographique. D'abord, le piétinement des parents et des amis, rue Lamarck, près de la chapelle ardente, puis le service religieux dans la vénérable église Saint-Pierre, et enfin, l'interminable défilé de Montmartre à Auteuil. Après l'inhumation, il prit congé de la famille, devant se rendre à un rendez-vous.

Boulevard Exelmans, un kiosque à journaux étalait ses papiers multicolores.

— Au fait, pensa Pradès, l'« Art Moderne » doit être paru, et il feuilleta hâtivement le fascicule que le libraire lui remit. Des lettres grasses lui sautèrent aux yeux : « Au Salon de la Nationale, par Octave Leyric ».

Le souffle suspendu, Pradès lut ces lignes, d'un trait :

« Quant à la « Cypris » de M. Armand Pradès, pastiche banal de tant de pastiches, elle ne vaut même pas l'exécution habile qui est pourtant l'apanage des faiseurs de cet acabit. Ce sculpteur qui promettait de prendre place près de Rodin, Bourdelle et Rodo, est tombé au niveau des Puech et des Mercié. C'est maintenant un homme fini ! »

Atterré, sans un filet de salive, Pradès lut et relut le paragraphe, se demandant s'il ne rêvait pas. Voyons, c'était bien de lui qu'il s'agissait, de l'œuvre sur laquelle il avait fondé tant d'espoirs, comptant obtenir la grande médaille et à coup sûr un achat de l'État.

Et voilà que, d'un coup, tous ses espoirs s'effondraient. Il savait fort bien que les jugements de Leyric étaient sans appel ; de plus, le critique faisait autorité rue de Valois, dirigeant occultement le surintendant des Beaux-Arts.

À la stupeur des premiers instants succédait maintenant une douleur, un découragement infinis, hélas ! trop motivés par la situation spéciale du sculpteur. Cette « Cypris » représentait tant de sacrifices pécuniaires, tant d'efforts intellectuels et matériels.

Pradès allait et venait sous le viaduc, sans pouvoir se libérer de l'émotion qui l'oppressait, lorsqu'un passant s'arrêta devant lui.

— Eh bien, mon cher Armand, que fais-tu dans ce quartier situé aux antipodes de tes lares ? Tu me parais triste comme Ossian lui-même !

— Je sors du cimetière d'Auteuil.

— Ah ! excuse-moi, mon vieux. Tu as perdu un proche ?

— Oui ! une cousine... mais je viens de recevoir un coup plus rude et surtout bien inattendu. Tiens, lis.

— Eh bien, fit Tellier, en lui rendant la brochure après avoir lu les lignes concernant Pradès, je pense que tu n'attaches pas une trop grande importance aux vaticinations de ce frénétique Leyric !

— Tu es bien gentil de me parler comme ça. Mais c'est inutile, va, je me résigne. Je suis un raté... Je n'ai plus d'illusions maintenant, je me juge sainement... oui, je suis un raté !

— Fichtre, dit Tellier, c'est cette critique qui t'a inspiré un tel pessimisme ? Où donc est cette foi féconde en toi que je l'ai connue autrefois ? Mais voyons, tu as un énorme talent, c'est un fait de notoriété publique. Ta « Cypris » est une des plus belles choses du salon, cela je te l'affirme. Ignores-tu que les plus grands artistes ont subi des attaques autrement violentes que celle-là et qu'ils en ont triomphé ! Ne te laisse pas abattre si bêtement, que diable !

— Assez, mon cher, assez, les exhortations me font mal ; si tu savais ce que j'ai souffert, douté de mon talent, de ma vocation même. Ah ! si je n'avais pas écouté les conseils d'un tas d'ignorants qui s'extasiaient devant mes œuvres. Je suis à bout de forces, comprends ans. J'ai enduré trop de privations, trop d'humiliations depuis douze ans, depuis mon entrée aux Beaux-Arts.

— Ah ! les soirs sans feu dans ma lugubre mansarde de la rue Saint-Jacques, quand j'achevais mon pauvre repas de frites et de moules, quand j'entendais les bandes joyeuses des étudiants se rendre à Bullier. A eux les jolies courtisanes, à eux les soupers fins, moi, j'enrageais, j'aspirais à d'éclatantes revanches. Etre célèbre, être riche, comme je travaillais farouchement pour y parvenir...

Voilà ce que fut ma vie pendant dix ans. Une vie de cénobite, éclairée seulement par de fugitives minutes de vanité, lorsque mon nom était cité dans des revues ésotériques et subreptices.

Enfin, je rencontrai une adorable créature, ma femme ! Et depuis, j'ai accepté la pire indignité, celle de vivre aux dépens de ma compagne. C'est Jeanne qui l'a exigé ; elle avait tant confiance en moi, en mon talent, elle a voulu travailler pour que je puisse réaliser mon œuvre, me consacrer tout entier à mon art... Tu vois le résultat !

Le sculpteur se tut, de grosses larmes perlaient à ses yeux. Tellier garda le silence, comprenant que les encouragements les plus affectueux demeureraient impuissants devant ce désespoir.

— Ecoute, reprit Prades, tu es industriel, eh bien, donne-moi une preuve de ton affection en me prenant dans ton usine comme manœuvre, comme homme de peine. Je ferai n'importe quelle besogne, mais il faut que je gagne enfin un peu d'argent. Jeanne se fatigue, cette vie de privations n'est plus acceptable après mon insuccès. Et puis, je ne veux pas faire les bas travaux de la sculpture. Avoir rêvé la gloire et en être réduit là, ce serait une déchéance trop douloureuse. Je préfère embrasser une autre carrière, oublier jusqu'au nom de cet art qui m'a fait tant de mal. Non, mon vieux, ne m'offre pas d'argent, comprends donc que j'en ai assez de vivre en parasite, si tu veux m'être agréable, donne-moi du travail, c'est mon dernier mot.

— Mais, sacrebleu, puisque tu y tiens, c'est entendu, et tout de suite encore.

Je peux même t'offrir un poste très intéressant. Tu sais que je construis maintenant des hydravions. Or, j'ai besoin d'un homme de confiance pour mes ateliers de Nantes. Evidemment, il faudra que tu apprennes à piloter, c'est l'affaire d'un mois. Que penses-tu de ma proposition ?

— Elle m'enchante littéralement. Et je ne sais comment t'exprimer ma gratitude.

— Si tu désires commencer ton instruction tout de suite, viens demain à mon école de pilote d'Issy-les-Moulineaux, les hangars sont près du stand de tir. Viens le matin, de préférence.

— Entendu, mon cher Tellier, à demain. Et encore une fois, merci !

VII

— Alors petit, tu me quittes, c'est bien décidé, dit M. Goupil à Lucien qui était venu prendre congé de son patron deux jours après l'enterrement ; je regrette beaucoup que tes parents ne comprennent pas que ton véritable intérêt leur commande de te laisser chez moi. Evidemment, je ne peux pas te rétribuer immédiatement, mais dans un an tu aurais été à même de réaliser de beaux gains.

— Oui, mais au conseil de famille, mon oncle Boileau, qui est notaire à Toulouse, a dit que dans le dessin on ne pouvait pas se faire une situation stable et il a cité l'exemple de mon cousin Prades, qui malgré son grand talent de statuaire, abandonne la sculpture pour entrer dans l'aviation.

— A propos, je ne comprends absolument rien à sa détermination. Il paraît que c'est une critique de Leytric qui l'a désespéré. J'ai vu son « Cypris » à la Nationale, c'est un pur chef-d'œuvre. Ce critique est une brute. Enfin il n'y a rien de définitif, j'espère qu'il ne tardera pas à reprendre l'ébauchoir. Pour en revenir à toi, que vas-tu faire ?

— Je vais entrer, comme aide-comptable, dans une maison de commerce de la Bourse.

— Et ce changement te plaît ?

— Pas trop, mais je suis bien obligé de m'y résigner, puisque je suis absolument sans ressources ; ma mère n'avait que sa pension de veuve d'officier.

« Je gagnerai 125 francs par mois pour débuter, de quoi ne pas mourir de faim. Et puis je pourrai toujours dessiner le soir.

— Alors, mon pauvre petit, tu renonces à tes belles chimères, tu ne veux plus devenir un peintre illustre ?

— Ah ! mais je n'abdique pas, monsieur Goupil, je viendrai toujours vous apporter mes dessins à corriger. Ce sera un peu plus loin, car je vais habiter chez une tante éloignée, rue du Parc-Royal, près de la place des Vosges.

— Et tu ne regrettes pas trop de quitter Marguerite ?

— Oh ! monsieur Goupil, fit Lucien, troublé, non, pas trop...

— C'est bien vrai, soit, mais j'eusse cru le contraire. Pour te livrer ma pensée, je commençais à redouter vos tête-à-tête. Je sais, je sais, tu es la loyauté même, mais tu as vingt ans et ma petite nièce devient diaboliquement jolie.

« Un saint peut être tenté ! J'aurais même conçu moins de craintes si tu avais eu ailleurs une petite amie... Enfin, puisque tu me quittes, n'en parlons plus. Au demeurant, je vais être probablement obligé de renvoyer la petite chez sa mère, car ma femme prépare une typhoïde, croit le médecin. Pour éviter la contagion, je vais éloigner Marguerite. Tu ne pourras donc dire au revoir ni à l'une, ni à l'autre.

Lucien traversa l'atelier où Marguerite lui était apparue si belle en « Chloé ». Il frissonna. Une hâte le tenaillait de quitter ces lieux funestes à son innocence.

Ah ! partir, ne plus rien voir qui lui rappelât sa chute. Il sentait bien que s'il se retrouvait en présence de la charmeuse, il retomberait dans le péché et que toutes ses bonnes résolutions fondraient comme neige au soleil. Lucien sortait à peine que Marguerite, descendant de la chambre de sa tante, pénétrait dans l'atelier.

— Comment va-t-on là-haut ?

— Mieux, mon oncle, ma tante a un peu moins de fièvre. Alors, je pourrai peut-être rester ici ?

— Non, le médecin s'y oppose, il trouve préférable que tu ailles passer une quinzaine de jours chez ta mère. Tu es fâchée ?

— Un peu, oui. Tu comprends que ce n'est guère agréable de vivre dans l'intimité de gens qui ne vous aiment pas.

— Tu dis des folies, ta mère a beaucoup d'affection pour toi. Quant à ton beau-père, tu ne le connais pas, je comprends ta répugnance, mais quand tu auras vécu quelques jours près de lui, tu t'apercevras que c'est un excellent cœur en même temps qu'un grand artiste.

Marguerite se souvenait des paroles prononcées par le sculpteur dans le parc Cortot et elle lui en gardait rancune.

— Et puis, tu lui feras voir tes vers, c'est un connaisseur, conclut finement Goupil.

VIII

Depuis une huitaine de jours déjà, Armand Pradès se rendait chaque matin à Issy-les-Moulineaux pour s'initier au pilotage des avions. Il se grisait de la fiévreuse atmosphère qui régnait dans l'aérodrome, en arrivant à oublier que le puissant effort de l'orgueil était brisé en lui.

Dès qu'il avait franchi la grille de l'octroi, le décor familier mettait en son esprit tourmenté un apaisement indicible. Ici, c'était la vie mêlée à l'action.

Bornant le vaste horizon, les collines de Meudon et de Sèvres fuyaient au loin, délicatement estompées dans le poudroiement lumineux.

Le champ traversé, le sculpteur atteignait l'interminable chapelet des hangars d'aéroplanes, tout bourdonnant du vrombissement des moteurs. Au fronton triangulaire du Bessonneau plus vaste, une bande de toile portait ces mots, en larges majuscules noires :

ECOLE DE PILOTAGE LOUIS TELLIER

Des mécaniciens s'affairaient autour d'un monoplan aux ailes harmonieuses. Armand retrouvait là d'autres élèves-pilotes. Il s'était lié particulièrement avec Jacques Hélan, le jeune poète ami de Cécile Manuel, qui avait entendu parler du sculpteur par Marguerite.

Pradès ne lui avait pas dissimulé les causes de sa détermination et Jacques expliqua pourquoi il venait apprendre à voler.

— Des ailes, mon cher Pradès, la réalisation du vieux rêve de l'humanité. L'homme quittant le sol pour errer au gré de sa fantaisie dans l'espace éthéré. Un poète pouvait-il résister à cette séduction ?

Je vous avouerai pourtant que j'ai été quelque peu déçu par le niveau moral de nos camarades : je croyais, sur la foi d'innombrables panégyriques, ne trouver ici que des jeunes gens cultivés, chevaleresques, prêts à donner leur vie pour un noble idéal... Hélas ! la réalité est tout autre... Ils ne viennent chercher ici leur brevet de pilote que pour bénéficier du succès des aviateurs auprès des femmes... du demi-monde !

Tenez, là, cet élève-oiseau, ce grand blond, à la peau de fille, que vous voyez penché sur le moteur, c'est un coureur cycliste. Il ne vient ici que pour donner un nouveau lustre à sa notoriété de « sprinter... ». Cet autre qui parle à Tellier, c'est un personnage équivoque, assez difficile à classer ; il a fait du cinéma, organisé des journées artistiques ; maintenant il apprend à piloter aux frais de sa maîtresse, Lydie Sierne du Français...

— Vous ne paraissez pas aimer beaucoup vos camarades, avait remarqué Pradès en souriant.

— Pardon, je ne fais que les juger et je vous assure que leur cause n'est pas aisément défendable... et puis, je vous accorde que je leur en veux un peu de la déception qu'ils m'ont infligée, et ce n'est pas ce bel éphèbe brun aux larges épaules qui pourra me donner l'occasion d'entonner le pœan d'allégresse ; c'est Oxill, ce boxeur assez réputé, qui tire un notable profit de son harmonieuse plastique particulièrement chère aux philosophes socratiques, on l'appelle d'ailleurs le nouvel Alciade...

— Mais, enfin, monsieur, interrompit Pradès impatienté, en lui montrant un monoplan qui passait au-dessus d'eux, vous reconnaîtrez bien qu'il y a parmi eux des sujets d'élite, évidemment il est aisé de découvrir dans le nombre des individus tarés qui veulent exploiter le prestige des ailes... En parcourant chaque jour la liste des aviateurs tués ou blessés, je ne puis m'empêcher d'admirer ces jeunes hommes qui s'exposent volontairement à la mort ou aux pires mutilations. Et je prétends que c'est lorsqu'on est en pleine force, en pleine gloire de jeunesse qu'il est le plus méritoire de faire abnégation. Ces hommes-là, ce sont nos preux, nos chevaliers modernes et quand l'aviation sera devenue un sport inoffensif comme l'auto ou la bicyclette, on gardera le culte de ces vaillants qui, les premiers, se confièrent à l'aile...

— Peste, mon cher Pradès, vous êtes lyrique, fit Hélan en souriant. Excusez-moi de vous quitter, c'est à moi de passer.

Et le jeune homme monta dans la carlingue du monoplan pour prendre sa leçon. Le moteur ronfla et l'appareil roula vers les fortifications. Au bout de quelques instants, il repassa devant le groupe des élèves qui manifestèrent une sourde animosité à l'égard du poète.

— Gaffe le « Victor Hugo » s'il est prudent, fit une voix gouailleuse, y a pas de pet qu'y décolle, va !

Hélan entendit-il l'apostrophe malveillante ou la devina-t-il ? Toujours est-il que les élèves, sidérés, virent le monoplan s'enlever en tanguant. Pradès comprit. Jacques, blessé par les sarcasmes de ses camarades, voulait attester sa hardiesse.

Mais l'appareil, un « Pingouin » à vieux moteur conduit d'une main hésitante et malhabile, après quelques embardées inquiétantes, piqua du nez et vint s'écraser sur le sol. Les assistants se ruèrent vers le fuselage fiché en terre. On dégagea le jeune poète qui gisait sous les ailes. Et Armand vit apparaître un pauvre visage affreusement tuméfié, ensanglanté... Un tube d'acier était entré dans l'œil gauche, une langue de chair pendait du front, mêlée aux beaux cheveux bruns.

Deux jeunes gens placèrent le corps sur une aile et l'emmenèrent vers les hangars.

Un portefeuille était tombé de la vareuse du blessé ; Pradès, en le ramassant, fit glisser une photographie. C'était celle d'une exquise adolescente, portant cette dédicace : « A mon beau poète, à mon Jacques chéri, sa petite Cécile. » Une goutte de sang ponctuait sinistrement la fin de la phrase.

IX

Un soir de mai, Armand Pradès revenait de chez Tellier avec un aviateur de l'école. Les deux hommes suivaient le boulevard de Clichy lorsque, arrivés à la hauteur du Moulin-Rouge, une très jolie femme s'arrêta devant eux. Aussitôt le compagnon du sculpteur s'excusa :

— Mon cher Pradès, permettez-moi de vous quitter. Voici mon —
Elle me rappelle que nous devons aller au « thé-tango » de Maud Leblond,
des Variétés. Adieu.

Et le couple élégant, montant dans un taxi qui passait, disparut. Ce
fut une minute mauvaise pour le sculpteur. La profonde blessure dont souffrait son orgueil d'artiste le livrait sans défense aux pensées déprimantes.

« Comme elle est adorable, la maîtresse de ce banal individu. J'aurai
donc passé dans la vie sans goûter à la mousse légère de ces liaisons fur-
tives. Ma Jeanne est une compagne délicieuse, sûre. Mais le sentiment très
profond, très durable qui me lie à elle est plutôt de l'amitié que de
l'amour. Pourquoi renoncerais-je sottement aux voluptueuses délices pro-
diguées par la vie à tous les êtres jeunes ? J'approche de la trentaine, puisque j'ai dû abdiquer mes nobles ambitions, pourquoi ne chercherais-je
pas l'oubli dans les caresses de ces jolies gamines ? »

En montant la rue Lepic, il croisa des centaines de petites Montmar-
troises toutes désirables, qui descendaient à l'apéritif du Moulin. Elles
lui décochaient des œillades suggestives, trouvant à leur goût ce bel athlète
brun, au visage de patricien romain.

Arrivé enfin à l'angle de la rue de l'Orient où se trouvait son atelier,
il ne put résister à l'envie d'aller revoir ses chères maquettes. Depuis son
renoncement, il n'était plus entré dans cette large cage vitrée, toute peu-
plée de statues.

Il tomba dans un fauteuil, ferma les yeux, absorbé dans une méditation douloureuse. Ah! cette odeur de glaise, de plâtre mouillé, toute cette
ambiance dans laquelle il avait toujours vécu, comme elle l'émouvait. Puis
une révolte l'empoigna. Il avait dû abandonner ses beaux rêves de gloire,
eh bien, il prendrait une revanche sur la vie. Il se savait beau garçon,
sa qualité d'aviateur ferait le reste. A quoi bon s'embarrasser de préjugés
stupides ; d'ailleurs Jeanne ne saurait rien, elle ne souffrirait donc pas.
Mais, lui, il oublierait la chute de ses ambitions dans des bras frais et
potelés.

Il ouvrit les yeux et faillit pousser un cri. Sur le large divan qui ser-
vait autrefois au repos des modèles, une jeune fille inconnue dormait. Ah !
qu'elle était belle, d'une vénusté telle, qu'approché, le sculpteur resta
longtemps figé dans une admiration muette. Elle avait inconsciemment
prise l'attitude de l' « Antiope » du Corrège, les bras rejetés derrière la
tête et enfouis dans la brune chevelure. La gorge ronde palpitait sous le
kimono de satin blanc et la jupe de serge noire découvrait deux jambes
d'un galbe dianesque, gantées de soie mauve. Deux minuscules souliers
de velours noir faisaient penser à Cendrillon. Quelle était cette fillette et
que faisait-elle dans son atelier ? Un trait de lumière traversa soudain son
esprit. Ce ne pouvait être que sa belle-fille, Marguerite. Un mot de Goupil
l'avait averti quelques jours auparavant qu'il serait sans doute obligé de
lui confier la « petite » en raison de l'état de santé de sa femme. Quoi,
était-ce là cette gamine précoce, cette lycéenne ultra-moderne qui faisait
des poèmes d'une licence échevelée ?

A ce moment, la dormeuse s'étira, bâilla, ouvrit les yeux et, apercevant
Pradès, se redressa vivement :

— Pardonnez-moi, dit-elle, vous êtes sans doute monsieur Pradès ; lorsque je suis arrivée, la concierge m'a dit que maman n'était pas là et elle
m'a fait entrer dans l'atelier. J'ai d'abord regardé toutes les statues puis,
comme il faisait très chaud et que j'étais fatiguée, ayant passé la nuit dernière au chevet de ma tante, je me suis endormie...

— C'est moi qui m'excuse d'avoir interrompu votre sommeil, fit le
sculpteur, nous faisons connaissance dans des conditions assez bizarres.
Dire que je suis un peu votre papa, depuis deux ans, et que je ne vous
connais pas ! Croyez que je ferai tout ce qui est en mon pouvoir pour
rendre votre séjour ici agréable. Votre mère va rentrer, elle sera enchantée
de vous voir.

— Vous croyez ?

— Mais certainement.

— Je ne demande qu'à vous croire, monsieur. Pourtant, avouez que
si ma mère m'avait vraiment aimée, elle ne m'aurait pas éloignée comme
elle l'a fait depuis deux ans.

— Vous vous méprenez, votre mère ne s'est séparée de vous que
par un sentiment de délicatesse. Vous étiez déjà grande quand je l'ai
épousée, vous auriez pu concevoir quelque répugnance à vivre près du
nouveau mari de votre mère. D'ailleurs, votre père tenait beaucoup à ce
que vous fussiez élevée par votre tante.

— Oui, mais la vraie raison, c'est que maman ne m'aime pas.

Je suis ce que je suis. D'ailleurs, tout le monde me méprise, ce n'est pas ce qu'on pense de moi, allez! On me considère comme une petite vicieuse, parce qu'on a trouvé des vers de moi dans mes livres. Alors, maintenant je suis classée...

Des larmes tremblèrent dans sa voix. Puis, cachant son charmant visage dans ses mains, elle se mit à sangloter doucement.

Bouleversé par cette douleur, Prades prit les mains de l'enfant. Il fut tellement remué par cette détresse puérile qu'il murmura:

— « Allons, ne pleurez pas mon pauvre petit. Vous serez heureuse ici, je vous le promets, on vous aimera...

— Ah! laissez-moi, fit soudain Marguerite, en se dégageant, vous me détestez vous aussi, rappelez-vous ce que vous avez dit de moi à votre cousin Lucien dans le parc de la rue Cortot!

X

Marguerite se trompait étrangement en croyant être un objet d'aversion pour sa mère. Elle méconnaissait l'âme exquise de Mme Prades, âme restée infiniment tendre et aimante malgré tant de chocs et de blessures.

C'était une de ces femmes comme il y en a tant dans la vie et si peu dans les romans, toute de droiture, de bonté et de dévouement. Dieu sait si cependant les épreuves avaient été nombreuses qui auraient pu émousser, faner, polluer les délicieuses qualités qui en faisaient une compagne d'élection pour le sculpteur.

Jeanne, orpheline très jeune, avait été confiée, à la sortie du couvent de Ionzac, à son oncle Gardel, riche vigneron de Narbonne, gros mangeur, gros buveur et paillard incorrigible.

Lorsqu'elle eut dix-huit ans, Gardel l'emmena à Paris sous prétexte de lui trouver un mari, mais en réalité pour faire une fête effrénée. Il se dans un cabaret de nuit avec René Vély, un très beau garçon vaguement journaliste et non moins vaguement auteur dramatique. Attendri par les copieuses libations d'un souper fin, il offrit à Vély la main de Jeanne avec les cinquante mille livres de sa dot.

Le mariage se fit si rapidement que Jeanne n'avait pas vu trois fois son fiancé lorsqu'elle mit le voile filial des épousées.

Du plumit, René Vély, joli garçon un peu efféminé, émanait une séduction équivoque, troublante, séduction créée peut-être par la connaissance de tant de femmes, au sens de l'Évangile. La jeune femme la subit et s'enamoura de son beau mari. Celui-ci, après quelques mois de lune de miel, se lassa des grâces chastes de Jeanne et retourna à ses anciens plaisirs.

Ce fut une immense désillusion pour la jeune épouse qui souffrit avec toutes les forces neuves de son cœur intact. Marguerite naquit en 1894. Jeanne avait espéré un moment que l'enfant ramènerait au foyer le volage René. Hélas! Il n'en fut rien. Et après douze ans de mariage, comme Vély sombrait dans la débauche la plus crapuleuse, Jeanne demanda et obtint le divorce. Il était temps. Le journaliste amenait à la maison une foule de cabotins louches et grossiers dont l'ambiance était dangereuse pour Marguerite déjà grandelette.

Jeanne, en effet, avait été obligée de travailler après que Vély eut dissipé sa dot et la petite, livrée à elle-même, précocement intelligente, lisait les livres les plus propres à satisfaire son ardente curiosité de la vie. Son père en concevait de l'orgueil, se plaisant à épater ses visiteurs:

— Guitty, montre voir ton livre à monsieur. Oui, mon vieux, elle lit le « Décaméron », à douze ans. Elle sera armée pour la vie, celle-là, hein? Voilà une lecture de jeune fille qui n'était pas prévue par ce bon Fénelon!

Jeanne, après deux ans de solitude, rencontra Armand Prades chez des amis communs. Ils devinrent vite d'excellents amis. Elle admirait son talent de sculpteur et la dignité de sa vie. Celui-là, c'était un artiste, un pur, un désintéressé. Lui, d'abord plein d'une pitié tendre pour cette jeune femme condamnée à vivre seule, s'aperçut un beau jour qu'il l'aimait de toute son âme. Nul obstacle ne s'opposait à leur union, puisqu'elle avait confié Marguerite à Mme Goupil, sa sœur, femme très pieuse qui avait entrepris d'effacer de ce jeune esprit toutes les vilaines taches qui le souillaient.

A vrai dire, tout en adorant sa fille, Jeanne s'inquiétait un peu de la sentir si différente d'elle-même. Hardie, primesautière, dépourvue de tout piété elle était vraiment la fille du journaliste Vély. Aussi accepta-t-elle de s'en séparer sans trop souffrir.

Pourtant, lorsque la maladie de Mme Goupil l'obligea à reprendre Marguerite, Jeanne se réjouit. La présence de cette jeune fille, si gaie, si vivante, mettrait une note claire dans le foyer un peu assombri depuis que Pradès avait abandonné son art.

D'abord, par pudeur, on avait toujours caché à la maman les inquiétants essais poétiques de Guitty. Elle pouvait donc croire que Marguerite, grâce aux soins de Mme Goupil, avait oublié les malsaines lectures et les irrites promiscuités d'antan.

En effet, cette présence fut salutaire au sculpteur. Il parut reprendre goût à la vie. Jeanne s'amusait des discussions passionnées qu'il avait avec Marguerite. Littérature, art, philosophie, faisaient les frais ordinaires de ces entretiens.

Armand se hâtait maintenant de revenir de l'école d'aviation, sûr de trouver, à l'atelier, Guitty penchée sur un roman de France ou de Mirbeau. Jeanne ne rentrait pas avant 7 heures de la Bibliothèque Nationale où elle se livrait à d'austères compilations pour un grave historien dont elle était secrétaire. Cette intimité donnait une saveur piquante à leurs controverses.

Peu à peu, Pradès cédait à l'irrésistible attraction qui émanait de Marguerite « Heureux, trois fois heureux l'homme qui possèdera ce vivant joyau, ne pouvait-il s'empêcher de penser. Intelligence, beauté, rare instruction, sont les apanages de cette adorable Guitty. Quel dommage qu'il y ait un ver dans ce beau fruit, cette sourde perversité qui un jour ou l'autre, s'étalera à la lumière. »

Et, sans qu'il se l'avouât, cette tare mystérieuse la rendait encore plus attrayante à ses yeux !

— Eh bien, petite Guitte, lui dit-il un jour, croyez-vous toujours que je vous déteste ?

— Oh non, répondit-elle, avec un énigmatique sourire, et cependant ce n'est pas encore ainsi que je voudrais être aimée.

— Que voulez-vous dire, interrogea-t-il d'une voix sourde, en sentant l'envahir un trouble étrange.

— Ce que j'ai dit, répliqua-t-elle.

Et comme Jeanne était arrivée, leur conversation en resta là.

Pourtant, en s'interrogeant, Armand regretta d'avoir laissé prendre cette tournure à leur entretien.

— Voyons, la fille de Jeanne, presque mon enfant, est-ce que je deviens fou ?

XI

Trois mois de vie de Paris, lorsqu'un jeune homme est livré lui-même, suffisent à métamorphoser un caractère.

Lucien n'était pas resté longtemps dans la maison de commerce où l'avait placé son oncle. Ivre d'indépendance et ayant gagné quelque argent avec les lavis commandés par Carnute, il devint le dessinateur attitré de l'imprimerie Carnute.

Sa jeunesse et sa beauté plurent à la jolie femme de l'éditeur, celle-là même que Lucien avait rencontrée à « Gavarni ».

Le jeune homme, dont les yeux avaient été enfin dessillés et qui souffrait de sa candeur un peu tardive, fut une proie facile pour cette Messaline mi-bourgeoise, mi-artiste.

Mais ses savants baisers ne parvenaient pas à bannir Marguerite de sa pensée. Enfin déniaisé, débarrassé aussi de ses scrupules religieux (sa foi avait disparu tout d'un coup), il regrettait amèrement de s'être montré si sot vis-à-vis de l'exquise Guitty.

— Ah ! la revoir, la reconquérir, celle qui lui était apparue si jolie en « Chloé », ce soir d'avril. Un jour, dans un journal du matin, il lut cet écho :

« Le Lycée Georges Sand qui, le premier de tous les lycées de jeunes « filles, a introduit la natation dans son programme d'éducation physique, « sera représenté à la traversée de Paris à la nage qui aura lieu le 15 juillet « prochain. Trois élèves prendront part à cette belle compétition sportive. « Une de ces jeunes filles, Mlle Marguerite Vély, joint à une merveilleuse « beauté un très grand talent poétique. Elle est l'auteur de la pièce de vers, « adressée au Ministre de l'Instruction Publique, à l'occasion de la distribu- « tion des prix de ce lycée. Nous publierons prochainement ce poème qui « est un véritable petit chef-d'œuvre. »

Un étrange malaise pénétra le jeune homme : celle qu'il [...] qu'il avait tenue dans ses bras, le succès allait la [prendre]. Si [...] représentait devant elle, lui l'obscur, petit dessinateur, elle [...] dédaignerait. Allons, il fallait l'oublier, l'exquise adolescente [...] ne reparaître devant lui que auréolé par la gloire. Du talent, il en avait, cela c'était sûr. Mais [...] allait arriver rapidement à la notoriété. Sinon, elle serait [...]

Au Pont Alexandre-III, Lucien s'était mêlé à la foule qui attendait l'arrivée des concurrents. Cette journée dominicale [...] le soleil et le fleuve roulait des vagues d'or, cernées de bleu de cobalt [...]

Des camelots vendaient l'édition spéciale d'un journal sportif, où figurait le portrait de Marguerite. Lucien l'acheta, obscurément gêné de voir l'image de Guitty en maillot passer dans toutes les mains.

— Une belle môme pour ses quinze piges, murmura un faubourien.

Salués par des acclamations frénétiques, des nageurs apparurent et virent l'échelle accrochée au ponton d'arrivée.

Aucune des élèves du lycée George Sand n'était encore classée lorsque Lucien vit un point noir glisser rapidement vers la berge que des clameurs identifièrent.

— Hurrah, la gosse !

— Vas-y, Marguerite ! gouaillaient des gavroches.

[Le cœur] du jeune homme battit à coups redoublés. Bientôt, il distingua l'adorable visage de la fillette. Les ovations amplifiaient sans cesse, formant maintenant une rumeur profonde ! Tout un peuple clamait son admiration pour cette moderne naïade symbolisant la renaissance de la culture physique.

Arrivée à l'échelle, Marguerite surgit de l'eau et son maillot ruisselant épousa les lignes exquises de son corps juvénile.

Comme les photographes braquaient leurs objectifs, Guitty, d'un geste vif, arracha son bonnet de caoutchouc et sa royale chevelure sombre roula sur les épaules au pur modelé.

La foule applaudit ce joli geste de coquetterie féminine.

Armand Pradès, en s'avançant pour [remettre sa récompense] à Marguerite, ne pouvait détacher son regard de la magique apparition sortie de l'onde.

— Cypris, murmura-t-il, oui c'est bien Cypris sortant de l'onde.

— Eh bien, quoi, parrain, vous rêvez, dit la jeune fille en souriant. Vite, vite, mon peignoir.

Déjà les officiels s'empressaient, des hommes importants, très décorés, qui [félicitaient] la charmante nageuse de son succès.

Lucien se fraya un passage à travers la cohue et, s'éloignant, il se sentait triste, affreusement triste. Ah ! elle était bien perdue pour lui, sa Guitty !

XII

Dans le courant de juillet, une petite fête réunit [...] les élèves du lycée George Sand qui n'étaient pas encore parties à la mer. [...]

Guitty y rencontra donc Cécile Manuel qu'elle n'avait pas vue depuis la clôture des cours.

— Eh bien, comment va Jacques ? demanda Marguerite.

— Beaucoup mieux, hier il était très gai et n'avait presque plus de fièvre.

— Je suis heureuse pour toi, ma chérie. Si tu savais comme j'ai pleuré lorsque parrain nous a dit qu'un accident était arrivé à M. Hélan. Il prétend que l'attitude moqueuse des aviateurs a déterminé Jacques à quitter le soir avec ce vieil appareil. C'est parrain qui a ramassé ta photo qu'il portait sur lui comme un talisman. Tu es heureuse d'être aimée ainsi !

— Oh ! oui, il m'aime, le petit chéri, mais je lui rends bien, va. Il a beau être défiguré, être borgne, il est toujours pour moi le beau fiancé d'autrefois. Mais, parlons de toi, Guitty ! Tu es en passe de devenir une célébrité ! Tous les journaux ont publié ton image après ton succès de la traversée de Paris. Hier encore l'« Excelsior » parlait de toi et publiait ton fameux poème dédié au Ministre. Tu sais soigner ta réclame, toi.

— Méchante... pourtant je t'avoue que tout ce bruit fait autour de mon nom résonne agréablement à mes oreilles. Que veux-tu, je ne suis pas pour rien la fille de René Vély, je dois avoir le cabotinisme dans le sang. Si tu savais comme j'ai été heureuse la première fois que j'ai vu mes vers imprimés, le croirais-tu, cela m'a fait encore plus plaisir que lorsque ma photo s'est étalée à la première page des grands journaux. Quelle orgueilleuse je fais, hein ! »

[illegible] comme elle est... presque divin. Quel dommage que cette intelligence [illegible]

Il ne [illegible] aucune [illegible] ?

— N'a-t-il pas raison qu'il te connaît si intimément ? Ne lui as-tu pas exposé [illegible] tes idées [illegible]. Ne lui as-tu pas affirmé que tu ne souffrirais [illegible] aucune contrainte, pour suivre ta voie quand tu étais traitée [illegible] bien [illegible]

— Alors [illegible] une personne bien énigmatique et un peu inquiétante [illegible]

— C'est vrai... et si je te disais où j'en suis aujourd'hui, tu serais véritablement épouvantée.

— Quoi, Lucien ?

— Lucien, ah ! c'est de l'histoire ancienne. Tu sais qu'il n'est plus chez mon oncle ?

— Oui, je l'ai appris... et tu ne l'aimes plus ?

— Si... non, je ne sais pas, je n'ai pas beaucoup le temps de penser à lui... S'il était près de moi, peut-être l'aimerais-je encore, mais je suis tellement bouleversée par la lutte que se livrent mes sentiments qu'il n'est guère présent à mon esprit. Ne me juge pas mal, va, Cécile, je suis bien malheureuse... Comme je te l'ai dit, ma tante Goupil ayant été malade, je suis allée habiter chez ma mère. Je ne connaissais pas mon beau-père, je me le représentais âgé, quelconque.

« Et voilà que je me trouve en présence d'un bel homme de trente ans, très doux, très aimant. Maman me dit : « Il faut que tu fasses la conquête d'Armand. Il est très malheureux. La statue qu'il a exposée au salon et sur laquelle il avait fondé d'immenses espoirs a été dénigrée par un injuste critique. Alors, pour faire diversion, il fait de l'aviation chez son ami Tellier qui lui donnera un emploi à son école lorsqu'il saura piloter. Sois donc gentille pour lui, sois aimable, en un mot, joins tes efforts aux miens pour lui faire oublier ses désillusions d'artiste... »

« J'ai obéi, le rôle [illegible] d'ailleurs très agréable [car] mon beau-père est cultivé. Quel plaisir de lire en commun nos poètes favoris, de discuter la valeur des [illegible] institutions sociales.

« Ah ! me disait-il, avec un modèle comme vous, j'aurais fait des chefs-d'œuvre. Que ne vous ai-je eue pour me poser ma « Cypris ». Vous êtes la vivante incarnation de l'Aphrodite antique. »

« Puis, l'aviateur m'est apparu un jour sous une face nouvelle. Il m'a emmenée à Issy et je l'ai vu s'envoler à bord de son monoplan. Ses acrobaties m'arrachaient des larmes et j'avais une peur horrible qu'il fasse une chute comme ton fiancé. C'est là que j'ai senti vraiment quelle place cet homme avait pris dans ma vie. J'ai senti que c'est près d'un tel compagnon que j'aurais souhaité de vivre... J'arrive à ce qu'il y a de plus difficile à te dire... un soir que nous étions seuls dans l'atelier, il était en train de prendre un croquis de moi, il m'a touchée pour me faire [illegible] tenir la pose, j'ai frissonné... Et j'ai fait une découverte effrayante : je me suis aperçue que je l'aimais autrement qu'un beau-père... oui.

— C'est épouvantable, en effet, mais lui, s'est-il aperçu de quelque chose ?

— Hélas ! je le crois... et je crains bien que lui, quelque effort qu'il [illegible] pour dissimuler, il a pour moi une tendresse fort peu paternelle...

— Ma pauvre Marguerite ! Je ne sais si tu te rends bien compte de la [illegible]. As-tu jamais songé [illegible] peut-être [illegible] qui se passera si ton beau-père [illegible] pour [illegible] de ce penchant, ta mère [illegible] la douleur [illegible] jamais [illegible] mais tu te vantes de mépriser sa fronde [illegible] mais je ne te crois pas assez pervertie pour consentir à devenir la maîtresse du mari de ta mère ?

— Oh ! non, jamais !

— Eh bien, il n'y a qu'une ressource : t'arracher au plus vite à l'influence de cet homme, retourner chez la tante Goupil...

— Ça non, je ne peux pas, je souffrirais trop loin de lui...

— Mais alors, malheureuse, le dénouement de toute intrigue criminelle sera inévitablement ce que je t'ai dit... Allons, aie une minute de courage, va-t'en, ne sois pas la meurtrière de ta mère, ne déshonore pas cet homme en te perdant toi-même, retourne chez la tante...

Mais Marguerite ne répondait pas, des larmes coulaient sur ses joues...

[illegible] à voix basse, elle dit à Cécile :

— Je sais bien que tu as raison, c'est horrible ce que je fais là, mais [illegible]

XLIII

Lucien Pradès s'étonna en arrivant à l'imprimerie Carnute de trouver la devanture baissée. Il s'enquit auprès de la concierge qui lui dit que la femme de l'éditeur s'était enfuie deux jours avant avec une trentaine de mille francs, toute la fortune du ménage. Le mari avait aussitôt licencié le personnel de l'imprimerie et était parti à Avignon.

— Pauvre homme, il faisait peine à voir, ajouta la portière, je serais pas étonnée qu'il se détruise.

Ce fut un gros ennui pour Lucien. Non pas qu'il regrettât beaucoup cette première maîtresse, mais parce que le paiement de ses planches était absolument nécessaire pour régler le terme de la mansarde qu'il occupait rue Fontaine.

Il avait aussi compté sur l'édition de ses dessins pour le rappeler à l'attention de Guilly, dont le souvenir cher et poignant ne le quittait pas. La fugue de Mme Carnute ruinait ces plans laborieusement échafaudés.

Toute la journée, il erra dans la grande ville. On le vit à la Trinité, il [illegible] au Palais-Royal, poursuivi sans relâche par cette hantise. Comment sortir de cette pénible situation ? Où trouver de l'argent ? S'adresser à son cousin Pradès, il n'envisagea même pas cette hypothèse, il aurait préféré mille souffrances plutôt que de se présenter devant Marguerite en solliciteur, en vaincu. Cela, non, jamais.

Mais alors ? Une inspiration l'emplit soudain d'espoir. Une semaine auparavant, il avait lu dans « Italiens et Flamands » du père Dumas, que nombre de gueux de la peinture avaient [illegible] recueillis chez des artistes arrivés de leur époque. Pendant de [illegible] dans la « boutique », comme on disait alors, le talent à Lyon élèves et employés, nombre de ces gueux avaient pourtant obtenu par la suite la plus grande [illegible] se sentait sûr de son talent. Pourquoi n'essaierait-il pas d'intéresser à ses misères et à son mérite quelque célèbre membre de l'Institut ?

Tous ces maîtres de l'art ont autant de bonté que de génie, avait-il maintes fois lu dans des panégyriques officiels. Il vérifierait donc la véracité de cet apophtegme.

Aussi enthousiaste maintenant qu'il était tout à l'heure désespéré, avec la bienfaisante mobilité de la jeunesse, il se voyait déjà devenu le familier de quelque Carolus Duran !

Il ne lui restait plus qu'à choisir un nom fameux de la peinture contemporaine et de lui écrire. Ce fut vite fait.

Il avait toujours professé une vive admiration pour Jules Phèdre, il entra donc dans un bureau de poste et rédigea la lettre suivante :

« A Monsieur Jules Phèdre, membre de l'Institut, professeur chef d'atelier à l'école des Beaux-Arts.

Monsieur,

« Je prends la liberté de vous écrire pour me confesser à vous, vous demander votre appui. Je dessine depuis l'âge de dix ans et j'étudiais chez un peintre, lorsque la mort de ma mère, me laissant sans ressources, je me suis vu contraint d'abandonner une carrière pour laquelle je suis doué et que j'aime passionnément.

« Aujourd'hui la misère me guette. Je viens donc vous demander de faire pour moi, maître vénéré, ce que les Florentins du XVI siècle faisaient pour leurs élèves indigents : me prendre dans votre atelier et m'y employer à telle besogne que vous jugerez utile. Je ferai n'importe quel travail pour que je puisse étudier chaque jour quelques heures sous votre direction.

« J'ai lancé mon cri d'appel. Daignerez-vous pencher votre haute taille et baisser vos regards sur l'humble jeune homme qui a mis tout son [illegible] en vous ?

« Veuillez croire, Monsieur, à mes sentiments respectueux.

« LUCIEN PRADÈS. »

Cette lettre, touchante et ridicule, achevée, Lucien la mit à la poste rue Fontaine. Saisi par la fièvre que donnent les entreprises dont on [illegible] beaucoup, il ne dormit pas cette nuit-là !

Lucien avait dû [illegible] à la porte de l'hôtel [illegible] par le peintre

Jules Phèdre, rue Labruyère, relut une dernière fois la lettre qui le convoquait.

                                        « Paris, le 2 juillet 1914.

    « Monsieur,

    « En réponse à votre lettre du 2 courant, M. Jules Phèdre consent à vous recevoir le 6 courant, dans la matinée.
    « Vous voudrez bien apporter quelques dessins sur lesquels le maître vous donnera son avis.
    « Recevez Monsieur, mes salutations.

                                        « Mme Jules PHEDRE. »

    Son carton sous le bras, le jeune homme tira d'une main tremblante la girolle de cuivre et un domestique en livrée vint lui ouvrir et l'introduisit dans l'atelier. Son cœur battant la chamade, Lucien embrassa le lieu d'un regard furtif. Une vaste tenture de velours rouge séparait la partie principale de la pièce de l'endroit où se trouvait Lucien.
    Une vieille femme, à l'air austère sous ses bandeaux blancs, au nez chevauché de bésicles qui lui donnaient une touche d'institutrice, parut devant Lucien.
    — Vous êtes monsieur Pradès, n'est-ce pas, suivez-moi, mon mari va vous recevoir.
    Etreint d'une indicible émotion, il suivit son interlocutrice et se trouva en présence d'un vieillard, affalé dans un large fauteuil. D'une calotte grecque de soie noire s'échappaient des mèches grises. Le visage était jaune et sillonné de rides profondes. Une grosse moustache tombante, toute blanche, cachait la bouche ; sous les épais sourcils les yeux brillaient très jeunes, magnifiques. A côté de lui, debout, un grand jeune homme blond lui parlait avec déférence.
    — Allons, fais-moi voir tes dessins, dit le vieux peintre d'une bonne voix cordiale.
    Lucien exhiba des paysages, des copies d'antique, quelques pochades à l'huile, des portraits, tout ce qu'il avait trouvé de mieux dans ses productions.
    Jules Phèdre regardait en silence, se contentant de hocher la tête. On ne savait pas s'il approuvait ou s'il désapprouvait.
    — Monsieur, balbutia Lucien, puis-je espérer que vous accueillerez ma demande ?
    — Parlez très fort, lui dit Mme Phèdre, mon mari est sourd.
    Il fut annihilé par cette révélation. Il avait rêvé d'un tête-à-tête où il aurait pu confier au maître toutes ses rancœurs, toutes ses aspirations et voici qu'il lui faudrait crier à tue-tête pour se faire entendre : de plus, la présence de deux témoins paralysait tout abandon.
    Confusément, il sentit la partie perdue.
    — Mon cher ami, lui dit Mme Phèdre, vous ne me paraissez pas avoir de dispositions très marquées. Vous n'êtes pas fortuné, permettez-moi donc de vous donner un conseil. Renoncez à la peinture. C'est une profession déjà trop encombrée et même avec beaucoup de talent on n'est pas sûr d'y réussir. Croyez-moi abandonnez des chimères qui vous seraient néfastes.
    Le sermon agit sur Lucien comme une douche. Il y eut un silence que la voix fêlée du maître rompit.
    — Allons, petit, range tes dessins. Il y a de bonnes choses là-dedans. Fais beaucoup de figures, cherche la plus grande vérité linéaire sans te décourager et reviens me voir dans quelque temps.
    Ces mots furent pour Lucien une nouvelle révélation. Jamais le vieillard n'avait eu connaissance de sa lettre, puisqu'il ignorait même dans quel but le jeune homme venait à lui.
    Il se sentit impuissant à formuler ses espoirs, ses désirs. A quoi bon ?
    Une poignée de main du vieillard le congédia. Il se retrouva sur le trottoir, la rage au cœur. Cette démarche, de laquelle il attendait tant, ne lui avait apporté qu'une épouvantable désillusion.
    Allons, les temps n'étaient plus où les peintres déguenillés venaient chercher asile chez leurs confrères fortunés. La peinture, c'était un commerce comme un autre. Avait-il été assez fou de parler à ces gens un langage qu'ils ne comprenaient même pas !
    Mais de quel côté tournerait-il maintenant ses regards ? Aucune chance de salut ne lui apparaissait. Le cœur ulcéré, il descendait la rue Notre-

Dame-de-Nazareth, lorsqu'il se heurta à un bohème dont il avait fait la connaissance chez Carnute.

C'était Paul Seigneur, un étrange garçon de trente ans, philosophe et philanthrope qui passait pour être le fils d'un des plus grands poètes du XIX° siècle. Disciple de Tolstoï, il avait fondé cette « Ligue contre la Souffrance » qui occupa si fort les esprits en 1914.

Grand et taillé en athlète, il portait avec un chic tout particulier des vêtements du style anglais le plus pur, ce qui le singularisait quelque peu dans le milieu, d'esthètes chevelus et romantiquement vêtus, qu'il fréquentait ordinairement.

Il fut frappé par l'altération du visage de Lucien.

— Eh bien, mon cher Pradès, que vous est-il arrivé de fâcheux vous me paraissez triste ?

— Il est vrai, monsieur Seigneur, que j'ai quelques raisons de l'être !

Et tout réchauffé par cette sincère cordialité, le jeune homme fit une relation très complète de ses malheurs au philanthrope qui parut s'y intéresser vivement. Lorsqu'il avoua la violente passion qu'il nourrissait à l'égard de Marguerite, Seigneur ne put s'empêcher de murmurer :

— Quelle infernale séduction possède donc cette fille. Je l'ai vue chez votre cousin Armand Pradès, avant-hier. A des indices qui ne laisseraient aucun doute au plus médiocre psychologue, je jugerais qu'il l'aime aussi.

« Mais pour en revenir à vous, mon cher Lucien, vous me paraissez être atteint du mal de tous les jeunes gens : la maladie de la vanité.

« Vous vous figurez être déshérité parce que vous croyez n'avoir point la somme de jouissance dont la vie vous est redevable.

« Quand vous aurez vécu, vous comprendrez que tous les hommes sont égaux devant la vie et qu'en dépit des apparences, des démarcations sociales, nul n'a raisonnablement le droit d'envier le sort de son prochain.

« La vie n'est qu'une longue attente, une moitié se passe à espérer et l'autre à regretter le temps où l'on espérait une existence meilleure.

« Maintenant, ne vous croyez pas très malheureux parce que vous avez subi quelques petits échecs. Vous vous apercevrez d'ailleurs bientôt que l'homme est incapable d'éprouver une douleur morale durable. A moins de folie, nul ne peut s'absorber dans une pensée unique.

« Si j'en avais le loisir, je vous exposerais ma théorie de l'uniformité qui vous démontrerait qu'il n'y a, à proprement parler, ni heur, ni malheur et que si le bonheur existait, la précarité de toutes choses humaines en ferait un supplice. En effet, rendez-vous compte de l'état d'esprit d'un homme possédant le bonheur et exposé à le perdre à chaque instant !

« Allons, je vais mettre un terme à ce pathos, vous avez besoin d'un secours plus tangible. Acceptez d'abord ce billet de cent francs, à titre de prêt, et suivez-moi. Je vais vous conduire chez une romancière qui a besoin d'un illustrateur pour son prochain livre.

XIV

En montant l'avenue Gambetta, Paul Seigneur donna quelques renseignements à Lucien sur la personne qu'ils allaient voir.

— Il faut que je vous dise d'abord que le romancier chez lequel je vous conduis est une couturière... Votre surprise m'amuse ! Oui, une couturière et son premier ouvrage a été préfacé par le fameux Octave Leytric, celui-là même qui a si magistralement éreinté votre cousin Armand. L'odyssée de Mme Marie Salvat est lamentablement banale comme celle d'innombrables femmes du peuple.

Mariée à vingt ans à un plombier alcoolique, un Coupeau, elle devint veuve à vingt-cinq ans, son mari étant mort phtisique. Elle travailla vaillamment pour élever sa fillette, Madeleine. Et comme Madeleine atteignait sa dixième année, une méningite la foudroya.

Et, avec le thème de sa vie affreusement quelconque, Mme Salvat a réalisé un chef-d'œuvre.

Arrivés à la place Martin-Nadaud, ils prirent la rue Robineau et entrèrent dans une maison d'un étage, aux fenêtres ornées de linges multicolores.

— Evidemment, plaisanta Seigneur, ce n'est pas si élégant que chez la comtesse de Noailles !

Une femme d'une quarantaine d'années, au visage macéré par de longues souffrances, se leva de derrière sa machine à coudre et s'avança au-devant des visiteurs

— Madame Salvat, je vous amène un petit garçon qui se croit très malheureux et pour lequel vous pouvez beaucoup.

— En quoi puis-je lui être utile, demanda la couturière, son fin visage illuminé d'un bon sourire.

Seigneur rapporta tout ce qu'il savait des mésaventures de Lucien, la fermeture de l'imprimerie Carnute, sa folle tentative auprès de Jules Phèdre, et il conclut :

— Je me suis souvenu qu'un dessinateur vous était nécessaire pour

Armand se hât.it de revenir à l'atelier... (page 13)

illustrer votre prochain roman. Or, j'ai vu des croquis de ce jeune homme et je suis sûr que vous aimerez beaucoup sa manière. Comme votre ami, le fameux Leytric, a promis de lancer ce livre, un peu de succès rejaillira sur notre petit protégé.

— Mais très volontiers, mon cher Seigneur, je vais remettre une copie de mon manuscrit à M. Pradès. Et voyons un peu les belles choses que contient ce carton à dessin !

Lucien lui montra toute la collection qu'il avait soumise à Jules Phèdre. Mme Salvat regardait longuement chaque esquisse sans mot dire ; puis, lorsqu'elle eut tout examiné, elle murmura en souriant :

— Dites donc, Seigneur, je vois d'ici la tête que va faire M. Leytric, quand il apprendra qu'un si beau talent aurait pu être perdu pour l'art par la faute de cette Mme Phèdre. Violent comme il est, le maître est capable de la menacer d'un emprisonnement. Vous verrez, ce sera drôle...

« M. Pradès consentira sans doute à me laisser ses œuvres deux ou trois jours ; j'attends la visite du critique... Maintenant, messieurs, fit-elle plaisamment, je vous chasse, car j'ai un corsage à terminer...

— Admirable femme, dit Seigneur à Lucien lorsqu'ils se retrouvèrent rue Robineau, son dernier roman lui a rapporté une trentaine de mille francs ; savez-vous ce qu'elle a fait de cette somme, qui, pour elle, représentait une fortune. Elle l'a entièrement consacrée à ma ligue de la « Lutte contre la Souffrance » et nous avons fait pas mal d'heureux dans les rues élevées de Ménilmontant. Malgré les instances de ses amis, elle n'a pas voulu abandonner son métier de couturière, estimant, avec Léon Werth, que la littérature ne devait pas être considérée comme une profession. Je crois que la connaissance de cette amie d'élite vous consolera aisément du dédain de Mme Phèdre, femme du solennel « pompier » de l'Institut !

XV

— Tellier, dit Armand Pradès en rejoignant le constructeur sur le viaduc d'Auteuil, il faut absolument que je quitte Paris cette semaine...

— Diable, fit l'industriel en souriant, tu es furieusement pressé. Je recevais justement une lettre de Pornic ce matin m'avisant que l'installation de mon école ne serait terminée qu'à la fin du mois de juillet.

— Eh bien, ne puis-je t'être utile là-bas. Je crois être maintenant un pilote très suffisant.

— Certes, permets-moi même de profiter de la circonstance pour te féliciter à nouveau de tes qualités sportives. Tu deviendras vite un « ténor » de l'air... et j'espère que cela ne t'empêchera pas de modeler, pour la joie de nos yeux, quelque nouvelle « Cypris »... Mais revenons à notre sujet, pourquoi veux-tu partir si vite ?

— Je ne veux rien te dissimuler. Tu connais ma femme, mon exquise Jeannette, tu connais ma belle-fille Marguerite... eh bien, tu m'auras compris quand je t'aurai dit qu'il ne m'est pas possible de vivre sous le même toit que cette dernière.

— Ah ! mon pauvre vieux, fit lentement Tellier, oui je comprends, je n'ai vu Marguerite que deux ou trois fois et cela me suffit pour deviner ce qui s'est passé. Qu'elles sont donc dangereuses ces prestigieuses créatures dont la jeunesse insolente, la souple vigueur, l'excessive beauté ne peuvent laisser indifférent l'homme le plus chaste ! Elles sont fort rares, heureusement...

« Malheur à celui qui se trouve dans leur sillage. C'en est fait de son honneur et de son repos. Je me mets d'autant mieux à ta place que j'ai passé par là, moi aussi. Dieu merci, je me suis arraché à temps à l'envoûtement. Je suis heureux de voir que tu te disposes à réagir énergiquement, puisque tu veux partir. Il n'y a encore rien eu de grave entre vous, j'espère ?

— Non, mais il est urgent que je m'enfuie. Cette petite n'est qu'orgueil. Tu as sans doute vu son portrait sur les journaux ainsi que son poème. Depuis ce temps, sa vanité ne connaît plus de limites. Elle dit à qui veut l'entendre que la morale est faite pour les petites gens, pour les médiocres et qu'elle se considère, elle artiste, comme au-dessus des lois édictées pour le commun des mortels.

« Écoute, avant-hier elle m'a remis un poème où, sous des noms supposés, elle avait imaginé un dialogue entre elle et moi. Cela s'appelait l' « Invitation à l'Inceste », et elle me proposait tout simplement de l'enlever en monoplan. Ce ne sont là que des imaginations puérilement grotesques, me diras-tu. Je le reconnais, mais lorsque cette charmeuse est en face de moi, lorsque son sourire équivoque m'entre dans la peau, je tremble, je ne suis plus le maître de mes actes. Hier, je l'ai embrassée, oui... Tu vois qu'il est temps que je file. Te représentes-tu le désespoir de ma pauvre Jeanne si elle s'apercevait de quelque chose ! Elle en mourrait, je crois...

« Ah ! c'est effrayant d'en arriver là. Jamais, jusqu'à ce jour, ma conscience n'avait eu à me reprocher la moindre peccadille. Il a fallu que cette enfant tombe dans ma vie pour briser ce qu'il y avait de meilleur en moi, mon culte pour ma compagne, mon intégrité morale...

— Les crises de sensualité sont abominables. C'est la lutte de la bête contre l'esprit !

— Oui et moi je paye en ce moment l'excessive continence de ma première jeunesse. On a beau vouloir se confiner dans son art, la nature réclame des tributs que l'on doit payer, tôt ou tard. Moi, je paye cher, mon bon vieil ami !

— Allons, ne te laisse pas accabler, il n'y a rien d'irréparable, je vais télégraphier pour que l'on prépare immédiatement ton pavillon. Là-bas, tu fatigueras ton corps par de longues randonnées aériennes et lorsque Marguerite sera repartie chez sa tante, tu pourras revenir auprès de ta femme. Ta secrète blessure se cicatrisera peu à peu et un beau matin tu t'apercevras que tu es guéri ; tu éprouveras alors la belle fierté d'avoir triomphé des mauvaises puissances de la chair.

« Au revoir, Pradès, courage et confiance...

XVI

Le dimanche qui suivit sa visite à Mme Salvat, Lucien procédait à ses ablutions dans la petite mansarde de la rue Fontaine dont il avait pu payer le terme, grâce aux 100 francs de Seigneur.

— Monsieur Pradès, une lettre, dit la concierge, et elle glissa un pli sous la porte.

Le jeune homme se hâta de déchirer l'enveloppe et, avec une joie intense, il lut ces lignes :

« Villa Gauguin,

« Avenue Ingres, 120 bis.

Paris, ce 6 juillet 1914.

« Monsieur,

« Mme Salvat a bien voulu me montrer les quelques esquisses que vous lui avez laissées et m'a exprimé son intention de vous confier l'illustration de son prochain roman.

« Je serais très heureux de vous voir un jour de cette semaine (une heure à trois), pour m'entendre avec vous à ce sujet. Apportez-moi quelques toiles, si vous le pouvez, car je désirerais vivement vous acheter une de vos œuvres.

« Salutations.

« OCTAVE LEYTRIC. »

Deux jours après avoir reçu cette lettre, Lucien se présentait à la Villa Gauguin, élégante folie construite au XVIIIᵉ siècle pour abriter les galants ébats d'un fermier-général. Il fut introduit dans un petit salon par une très jolie soubrette. A la chinoise, des toiles d'Henri-Martin, Bonnard, Vuillard, Cézanne, Pissaro, Van Gogh, etc...

— Monsieur Pradès, n'est-ce pas, fit un robuste vieillard qui s'avançait la main tendue vers Lucien. Mme Salvat m'a touché un mot de vous et m'a montré quelques-unes de vos esquisses. Vous m'avez apporté quelque chose, très bien, faites voir... Ah ! voilà une « Seine à Meudon » qui est fort jolie ; ce « Bassin de Latone » serait moins bien, trop de gris, mais ces « Peupliers » sont d'une pâte merveilleuse. Combien cette toile ?

— Monsieur, je n'ai encore guère rien vendu, votre prix sera le mien.

— Je ne suis pas riche, dit Leytric, je ne peux pas vous payer cette toile le prix qu'elle vaut. Voulez-vous me la laisser à deux mille ?

— Deux mille ! répéta Lucien interloqué, c'est beaucoup trop.

— Vous acceptez... Parfait. Mon secrétaire vous remettra la somme tout à l'heure.

« Revenons au livre de Mme Salvat. Je vais lancer ce bouquin comme un obus dans les milieux académiques. Le style de cette femme est d'une concision, d'une limpidité magnifiques. Nous n'avons pas un écrivain qui puisse être comparé à cette simple couturière. Je compte donc sur vous pour composer des illustrations dignes du texte. Ce que j'ai vu de vous me donne toute confiance, et j'ai le ferme espoir qu'avant peu on aura entendu parler du dessinateur Pradès.

« Croyez que je ferai pour vous tout ce qu'il me sera possible. J'ai contracté une dette envers votre nom en critiquant injustement la « Cypris » de votre cousin. C'est une erreur du catalogue qui est cause de tout le mal. Ce marbre étant désigné sous le N° 423, j'ai pris pour la « Cypris » de M. Pradès une « Hébé » d'un certain Dubois.

« Voilà ce que m'a appris tout récemment un secrétaire de la Nationale. Mais je veux expliquer ce malentendu d'une façon retentissante. « L'Art Moderne » de demain contiendra un article où je ferai amende honorable à votre cousin et où je vous présenterai au public. Permettez-moi d'appeler mon secrétaire, qui va vous remettre la somme convenue.

Un jeune homme portant un bandeau sur l'œil gauche, entra. C'était Jacques Hélan qui, remis de la chute d'aéroplane, était devenu secrétaire d'Octave Leytric.

— Hélan, donnez deux mille francs à M. Pradès, je vous prie. Le jeune homme suivit le secrétaire qui sortit de son bureau une liasse de billets de cent francs et lui remit les vingt précieux papiers.

— Rappelez-moi au bon souvenir de votre cousin Pradès, dit Hélan à Lucien, je l'ai connu à l'école Tellier. Nous étions très liés, j'espère qu'il ne me tiendra pas rigueur d'être le secrétaire du critique qui l'a si sévèrement jugé.

Lucien prit congé du secrétaire et traversa le jardin en courant, fou de joie. La main dans la poche de son veston, il palpait la soie des billets pour s'assurer s'il ne rêvait pas. Le soleil acheva de le griser. Ah ! maintenant, il pourrait la revoir sa chère petite Guitty, au fait, pourquoi n'irait-il pas tout de suite ?

Pendant ce temps, le secrétaire avait rejoint Leytric qui regardait attentivement la petite toile de Pradès.

— Hélan, que pensez-vous de ce tableautin ?

— C'est très fort, hasarda le jeune homme.

— Vous trouvez que c'est très fort, railla l'écrivain ; eh bien, ce n'est pas mon avis ; il y a des fautes de perspective dans ce bassin ; les statues ne tiennent pas debout, seulement, c'est tout vibrant de lumière, ce petit garçon-là a certainement le don de la couleur. Pradès ne fera peut-être jamais de chefs-d'œuvre, et pourtant, à l'heure actuelle, il doit se croire du génie, c'est un peu ma faute, je l'avoue... Mais comme il peint aussi bien que les paysagistes notoires des Artistes Français ou de la Nationale, il m'est agréable de le mettre à même de se réaliser.

Et j'ai fait un heureux. Regardez-moi, Hélan, je ne me suis jamais senti aussi heureux qu'aujourd'hui, pas même le jour où mes « Martyrs » triomphèrent à l'Odéon. Voyez-vous, faire du bien, répandre de la joie autour de soi c'est encore la meilleure des voluptés. Sur ce, je vais aller brocher mon article et je parie que, dans huit jours, les petites pochades de Pradès vaudront mille francs. Car je sais comment les aguicher les amateurs de peinture, moi... je connais le défaut de leur cuirasse de snobisme !

XVII

Armand était installé depuis quelques jours à Pornic, dans le pavillon mis à sa disposition par Tellier. Quatre mécaniciens des ateliers de Nantes avaient amené l'hydravion que l'aviateur allait expérimenter. C'était un monoplan de 12 mètres d'envergure, muni d'un moteur de 200 chevaux. Le flotteur, d'une conception nouvelle, devait permettre d'amerrir par une très forte houle.

Captivé par le puissant intérêt de ses essais, Armand se réjouissait de sa résolution. Il avait été bien inspiré en quittant Paris, brusquement sans même dire au revoir à Marguerite. Le souvenir de l'ensorceleuse ne le visitait plus aussi fréquemment. A sa femme, il avait dit que, partant faire des essais très courts, il ne resterait pas longtemps à Pornic et jugeait inutile qu'elle l'accompagnât. Il lui avait même conseillé de rejoindre à Dieppe Mme Goupil qui y achevait sa convalescence ; lui irait les retrouver lorsque ses expériences seraient terminées.

Il respirait, délivré enfin de la sourde obsession qui empoisonnait ses jours. Que de fois avait-il failli céder à son funeste penchant, toute sa volonté se trouvant annihilée dès qu'il respirait le parfum de la troublante fillette.

Maintenant c'était fini, et il s'effrayait lorsqu'il conjecturait ce qui serait advenu s'il avait obéi à sa passion : une liaison honteuse, qui l'eût obligé à une dissimulation continuelle jusqu'au jour où inévitablement, sa femme aurait découvert la vérité.

Sa pauvre Jeanne cette adorable compagne qui s'était dévouée, sacrifiée pour lui, quel effondrement si elle avait découvert l'infamie de son mari et la perversité de sa fille.

Enfin, tous ces dangers étaient conjurés et l'aviateur se sentait revivre dans l'agréable atmosphère qui l'entourait. On n'avait jamais vu d'homme-oiseau à Pornic, aussi le gratifiait-on d'une admiration naïve et flatteuse. L'« Éclair de Pornic » relatait chaque matin ses faits et gestes : « Notre glorieux hôte, l'aviateur Armand Pradès, a accompli hier un magnifique vol de plus de deux heures au-dessus de l'Atlantique. Il amerrissait ensuite dans l'avant-port avec une maestria incomparable, à plus de 100 kilomètres à l'heure. Le pilote nous prie de remercier les aimables admiratrices qui lui ont remis de superbes gerbes de fleurs, etc. etc. »

Quand il se promenait dans les rues du Vieux-Pornic, les jolies promeneuses se retournaient sur lui en chuchotant. Des invitations à dîner pleuvaient de tous les châteaux et de toutes les villas.

En souriant, un peu mélancoliquement, Armand pensait : Ironie du sort, le succès que je souhaitais obtenir par mon talent de sculpteur, quinze ans de travaux ne me l'ont pas donné. Et me voilà maintenant devenu populaire comme aviateur !

Pornic, qui fut à la mode sous le second Empire, n'est plus en faveur qu'auprès d'un trop petit nombre de Parisiens. Et c'est injuste, car on chercherait en vain sur tout le littoral de l'Océan une plage qui possède plus de charme. Des criques ensablées sont creusées dans la côte rocheuse et accidentée où les troènes alternent avec les genêts et cette plante au feuillage vert véronèse appelée « écume de mer ».

Aussi Pradès goûtait-il avec délices le charme de ces sites où il avait retrouvé la quiétude, l'estime de soi et où il avait connu la griserie légère de la popularité.

Un matin, un mécanicien lui remit plusieurs lettres. La première était de Lucien elle contenait le récit des dernières aventures du jeune homme et l'article de « l'Art Moderne » où Octave Leytric s'excusait de son erreur et prodiguait au sculpteur les louanges les plus flatteuses. Plus loin, sous le titre « Un peintre nous est né », il contait comment il avait connu Lucien et combien il attendait de ce jeune artiste « qui avait déjà donné mieux que des promesses et dont les œuvres avaient une place toute marquée dans les collections des amateurs éclairés ».

Ce fut un double plaisir pour Armand. Rien ne subsistait donc de la fâcheuse critique qui avait eu tant d'influence sur sa vie et, d'autre part, son cousin débutait dans l'art sous le précieux patronage du grand écrivain.

Mais une autre lettre le bouleverse. Elle était de sa femme et annonçait l'arrivée imminente de Jeanne et de Guitty. Elle était ainsi conçue :

« Mon cher Armand,

« Hier, le journal relatait la fin tragique d'un aviateur qui s'est noyé au Crotoy. Tu devines qu'aussitôt, par association d'idées, j'ai évoqué les périls que tu courais et j'ai pensé que ma place était près de toi. Plaise à Dieu qu'il ne t'arrive rien. Mais, au cas, où, par malheur, tu serais blessé je veux être là pour te soigner. Je sais que cette lettre va te déplaire et j'en suis bien peinée, car tu paraissais redouter vivement que nous te rejoignissions. J'en ai pris mon parti, après avoir mûrement réfléchi, mon devoir m'impose de te rejoindre et me voilà. Nous arriverons donc à Pornic, Marguerite et moi, samedi matin.

« Tendrement à toi.

« JEANNE. »

— Cette fois le sort s'acharne après moi, murmura Armand, je suis perdu.

Il envisagea plusieurs solutions, mais aucune ne le satisfit. Télégraphier à sa femme de laisser Marguerite à Paris, n'était-ce pas le plus sûr moyen de susciter ses soupçons ?

La vue de la lettre de Lucien rappela à Armand qu'un jour Guitty lui avait avoué avoir aimé le jeune homme lorsqu'il était dessinateur chez Goupil.

Il comprit que là était le salut. Se donner comme rival son cousin beau garçon en pleine jeunesse, artiste précocement célèbre jeter la jeune fille dans ses bras, faire leur bonheur en éloignant le péril qui le guettait, voilà le plan qu'il fallait réaliser sans tarder. Et aussitôt il écrivit à Lucien la lettre suivante :

« Mon cher Lucien,

« J'ai lu, avec un étonnement mêlé de joie, l'article où Leyric te réhabilite et te sacre artiste — et grand artiste.

« A ton âge, c'est merveilleux, je suis très fier de toi et aussi un peu honteux de ne pas avoir reconnu en toi les stigmates du talent.

« Mais passons, la revanche est assez belle pour que tu ne me gardes pas rancune de mon manque de clairvoyance. Tu sais peut-être que grâce à la bienveillance de mon ami Tellier je suis devenu aviateur, chef-pilote même. En ce moment, j'expérimente sur l'Océan un hydravion très puissant qui est destiné à la marine de guerre. Veux-tu venir assister à mes essais, tu rejoindras ici ma femme et Marguerite, pour laquelle tu as, je crois, une affection toute particulière.

« Au surplus, tu trouveras, sur la côte qui est très pittoresquement déchiquetée, de magnifiques motifs picturaux.

« Vite un télégramme nous annonçant ton arrivée (je n'admets pas d'excuse).

« Ton cousin « ARMAND PRADES »

Quelques jours après, par une éblouissante matinée de juillet, tandis que vous prépariez votre premier bain à la plage de Gourmalon :

— Vous êtes superbe en maillot, dit Guitty, qui avait entrepris de lui apprendre à nager, vous me rappelez l'« Apollon Sauroctone ».

— Et vous la « Vénus Anadyomène », dit père Ingres, répliqua le jeune homme, pour ne pas être en reste de comparaison mythologique, si vous saviez comme je vous ai admirée lorsque vous êtes arrivée au pont Alexandre III, lors de la traversée de Paris. Et comme j'ai souffert des acclamations que l'on vous prodiguait, les journaux ne parlaient que de vous, votre photo était partout. Alors moi, obscur, perdu dans la foule, je pensais : « Elle est perdue pour moi, ma jolie Guitty, et dire que j'ai été assez sot de refuser ses caresses lorsque je la tenais dans mes bras... »

— Chut, taisez-vous, ne parlons plus de cela, voulez-vous ?...

— Pourquoi, Marguerite, vous ne m'aimez donc plus ?...

— D'abord, vous n'êtes plus obscur, maintenant les rôles sont changés, c'est votre nom qui est claironné par tous les journaux, vous avez eu de la veine d'être soutenu par Leyric, vous. A propos, puisque vous le tenez, vous me montrerez mes vers... et puis je les ferai éditer avec des illustrations de vous. Vous avez profité du bateau de Mme Salvat, vous laissez-vous... je profiterai du vôtre.

— Quel désir de gloriole, Guitty, mais revenons à un sujet qui domine pour moi toutes les autres préoccupations, aussitôt que je suis sorti de chez Leyric, j'ai pris un taxi et j'ai filé rue Lepic où une déception m'attendait, votre porte était close, vous veniez de partir à Pornic, heureusement qu'en rentrant chez moi j'ai trouvé le télégramme de mon cousin qui m'invitait à vous rejoindre.

— Et vous êtes arrivé avant nous, ce qui n'est pas banal.

— C'est très banal au contraire, je suis venu en moto et vous comprenez que je l'ai fait vite, tant j'avais hâte de vous revoir. Parti de chez moi à dix heures, j'étais à Pornic à midi juste, du 75 de moyenne. Si je vous avais trouvée aussi froide, aussi lointaine, je ne serais pas venu si rapidement, je ne serais même pas venu du tout. Moi qui vous adore, je croyais que vous vous souveniez encore de ce que vous m'aviez dit au parc de la rue Cortot, mais aussitôt que je vous en ai parlé, vous m'avez fermé la bouche d'un sec : « Cessez de me rappeler ces enfantillages ». Oui, ce qui était pour moi un souvenir cher, pour vous c'était un enfantillage. Ah ! Marguerite, comme vous êtes changée, avec moi il y a certainement quelque chose que j'ignore, vous devez aimer un autre homme. Tenez, je me souviens de ce que me disait Paul Seigneur, mais je ne veux pas le croire, ce serait trop affreux.

— Qu'est-ce que vous disait ce monsieur ?

— Que vous étiez aimée par... non, je me tais, c'est abominable.

— Je vous ordonne de me dire la vérité !

— Et moi je refuse, votre colère me prouve que j'ai frappé juste. C'est mon malheur pour moi d'aimer une créature telle que vous. Vous vous amusez à vous faire adorer de moi, puis, après, vous avez recon... votre manège auprès de... vous savez qui. C'est mal de jouer avec un beau... comme vous le faites, pour jongler ainsi avec le cœur des...

mes, vous n'avez donc pas d'âme, vous n'avez donc pas de conscience ?
Prenez garde, Marguerite !

— Des menaces ?

— Ce n'est pas vous que je menace. Mais, vous ne comprenez donc pas
que je vous adore, que je ne respire que pour vous et que, si je sens que
vous m'échappez, je me tuerai...

— Allons, ne dites pas de bêtises, Lucien, je vous en prie, pas de
phrases de roman ; je vous ai aimé, je vous aime encore, pas comme il y a
six mois, car alors, c'est vous qui vous refusiez. Le malheur c'est qu'en
amour on n'a pas les mêmes désirs au même moment. Vous m'avez dit des
paroles très dures, je ne vous en veux pas, car je sens que vous souffrez,
mais rendez-vous compte que moi aussi je suis torturée. J'ai compris de
quelle passion défendue vous m'accusiez tout à l'heure. Eh bien ! c'est la
vérité... oui, je l'aime, cet homme, je l'aime d'un amour coupable, inavoua-
ble et j'en suis bien malheureuse... On ne commande pas à ses sentiments,
vous le savez... lui m'aime aussi... je le sais, et cependant jamais nous n'en
avons parlé. Et cet homme, qui a le cœur très noble, qui ne veut pas
déchoir, il vous a fait venir pour se servir de vous comme bouclier ; il
sait qu'autrefois je vous ai aimé. M'accuserez-vous encore d'être coquette
avec vous ?

Lucien, très pâle, ne répondait pas. Ce qu'elle venait de lui avouer,
jamais sa pensée ne s'y était arrêtée. Qu'elle aimât son beau-père, quelle
folie, voyons ! Et voilà, que tout se brisait en son être... Allons, c'était fini,
le rêve était trop beau... A quoi bon vivre maintenant que l'horizon s'était
refermé devant lui. Il s'éloigna, longeant la corde jusqu'à ce qu'il perdît
pied, puis brusquement lâcha tout... Il se sentit couler tout doucement, l'eau
salée entra dans sa bouche, brûla ses yeux...

Mais une main vigoureuse l'avait saisi par le bras et Marguerite le
ramena, inerte jusqu'à la plage, l'étendit à demi évanoui sur le sable
humide. Ils étaient dans une petite anse isolée où nul ne pouvait les voir.
Elle s'agenouilla, saisie de pitié, prit dans ses bras le jeune homme pour le
réchauffer et sentant revivre son ancienne tendresse, elle murmura en le
couvrant de baisers pendant qu'il revenait peu à peu à la vie...

— Mais, je t'aime aussi, mon petit Lucien, pourquoi voulais-tu mourir,
méchant ?...

Simple lettre

Lettre de Marguerite à Cécile Manuel.

« Ma chère Cécile,

« Je crois que la lecture de cette lettre te causera une grande joie, car
je sais combien tu portes intérêt à ce que tu appelles ma santé morale. Tout
est arrangé ou presque. Je t'ai dit que parrain s'était exilé à Pornic pour ne
plus m'avoir en face de lui. Puis, maman, angoissée par les risques qu'il
courait, a décidé d'aller le retrouver. Nous sommes donc parties, mais devine
qui j'ai eu la surprise de voir en arrivant ici ? Ne cherche pas, tu ne pour-
rais trouver, Lucien ! oui, Lucien Pradès qu'un télégramme de parrain
avait précipitamment appelé.

« Naturellement, si lui m'aimait toujours avec ferveur, moi je le
revoyais avec plaisir d'autant que tu sais peut-être qu'un article de Leytric l'a sacré grand artiste.

« Or, hier, comme nous nous baignions, il a exigé une explication,
me demandant ce que signifiait mon revirement. Je lui ai avoué la vérité
d'autant plus facilement qu'il avait des soupçons. Alors je l'ai vu pâlir,
puis, sans rien dire, il s'est avancé dans la mer et a lâché la corde. Tu
penses bien que je n'ai pas été longue à plonger et à le ramener sain et
sauf sur la berge. Mais j'avais eu bien peur, je te l'assure et j'ai senti que
ma tendresse pour lui n'était qu'endormie : cette secousse l'a tirée de sa
léthargie et, ma foi, je t'avouerai que, ne sachant trop que faire pour
le ranimer je l'ai embrassé de tout mon cœur.

« Ce remède a été radical, il a ouvert les yeux, il a souri, et ses
caresses m'ont prouvé qu'il m'avait déjà pardonné.

« Personne n'a rien su de ce petit drame et Lucien et moi nous
sommes redevenus très bons amis, si bons amis que nous avons fait des
projets, de très jolis projets. Comme il est sûr de gagner ce qu'il veut
avec sa peinture nous pourrons nous épouser aussitôt que j'aurai l'âge
légal.

« Tu vois que les sombres pronostics ne se sont pas réalisés et qu'au d'une tragédie nous aurons joué les principaux rôles d'une comédie qui, comme toutes les bonnes comédies se dénouera par un mariage.

« Quant à parrain, je m'arrangerai pour le voir le moins souvent possible : cet homme exerce involontairement sur moi une véritable fascination et tu sais que c'est réciproque. D'où viennent ces mystérieuses affinités ? Ah ! comme je déplore de ne pouvoir lui appartenir. Je sens que lui seul m'aurait rendue heureuse. Enfin !

« Au revoir, ma chère Cécile et donne-moi ton absolution en reconnaissant que la petite Guitty n'était pas aussi perverse que tu voulais le lui faire accroire. J'espère que ton union avec Jacques est imminente et que les dernières résistances de tes parents sont vaincues. Si nous nous marions le même jour ? Ce serait charmant !

« Je t'embrasse mille et mille fois,

« Ta petite : Marguerite VÉLY. »

XVIII

Les baies de l'atelier laissaient entrer des bouffées de brise marine qui venaient jouer dans les boucles folles de Marguerite.

Lucien, assis devant son chevalet, s'arrêtait à tout instant pour la contempler. Le délicieux visage de la jeune fille se détachait harmonieusement sur le fond de velours mauve. Elle était si radieusement belle que Lucien désespérait parfois d'arriver à traduire sur une toile toute sa grâce éclatante.

Il savourait la douceur de vivre dans cette ambiance luxueuse, près de cette créature de rêve qui serait bientôt sa femme.

Sa femme ! Ce mot l'enchantait et le troublait à la fois. Avait-il mérité ce bonheur ? Le souvenir de ses souffrances, de ses rancœurs s'atténuait peu à peu. Il aurait voulu surmonter des obstacles inouïs, endurer les pires tortures pour se trouver digne d'elle.

— Quand aurez-vous achevé mon portrait, Lucien ?

— Dans un mois, peut-être ! Rien ne presse, puisque nous ne nous marierons qu'en septembre. Encore huit longues semaines à attendre.

— Et je m'appellerai Mme Pradès, comme ma mère. Avouez que c'est une singulière coïncidence. Généralement, quand on se marie, on perd son nom de famille, moi je le retrouve... Je crois que je ne pourrai pas m'habituer à m'entendre appeler madame... Et comme ce sera drôle quand je rencontrerai une amie du lycée.

— Il est vrai que vous serez une bien jeune mariée.

— Maman dit que c'est une folie de se marier à mon âge, vous savez qu'elle était tout à fait opposée à notre projet, heureusement que parrain a usé de son influence pour la décider ?

— Je vous en prie, Guitty, ne me parlez pas d'Armand.

— Vilain jaloux !

— Non... Et pourtant, quand je ressasse les paroles que vous m'avez dites, le jour du bain, je doute de votre amour... je me demande si ce n'est pas lui que vous aimez encore.

— En vérité, vous êtes bien injuste envers moi. N'ai-je pas loyalement agi en vous avouant quel prestige votre cousin exerçait sur moi ? Et depuis que nous sommes fiancés, depuis le jour déjà lointain où vous avez voulu vous noyer, n'ai-je pas tenu ma promesse de ne jamais lui parler lorsque nous serions seuls ? Vous ne pouvez m'en vouloir parce qu'un élan instinctif me jetait vers cet homme, vers cet artiste dont le génie, la bonté, l'exquise sensibilité toucheraient le cœur de la femme la plus indifférente, la plus vertueuse qui soit.

— C'est vrai, Armand est charmant et il lui a fallu une âme bien trempée pour vous résister, Guitty. Mais j'ai peur que plus tard, quand nous serons mariés, son souvenir vienne s'interposer entre nous.

— Encore ces vilaines idées ! Rassurez-vous, Lucien, j'aurai pour lutter contre ce souvenir une arme décisive, l'amour que j'ai pour vous et dont vous ne pouvez douter, puisque je vous l'ai découvert et que vous l'avez repoussé lorsque vous étiez élève de mon oncle Goupil.

— Comme j'ai dû vous paraître sot, alors.

— Vous me paraissiez délicieux, au contraire. Votre candeur, qualité si rare chez un jeune homme, avait pour moi un charme incomparable. Et savez-vous ce que Cécile me disait dans sa dernière lettre ? Que c'était une chance pour moi de vous avoir connu et de me marier jeune. Croyez-vous que cette effrontée ajoutait même que les jeunes filles comme moi, plus tôt on les mariait, mieux ça valait... Changeons de conversation, voulez-vous. ..Ce soir, il y a thé-tango chez Mme d'Humières, nous irons, hein ?

— Quelle passion pour la danse !

— Ça oui, et reconnaissez que vous commencez à en goûter les délices. Depuis que je vous apprends le tango, vous faites des progrès étonnants. Quand vous le danserez bien, je vous apprendrai la « maxixe brésilienne » et le « rouli-rouli ».

— Rien que ça !

— Vous saurez vite et après vous verrez des succès que nous obtiendrons dans les salons. J'entends déjà les gens dire : « Quels sont ces gentils danseurs ? — M. et Mme Pradès, vous ne connaissez pas M. Pradès, un jeune peintre de grand talent ?

— Petite folle !

— Et puis, plus tard, quand nous serons fatigués de tous ces plaisirs, nous nous mettrons au travail, moi j'écrirai des romans, des nouvelles, des poèmes que vous illustrerez. Et nous deviendrons célèbres, très célèbres !

— Vous oubliez que, dans un an, je pars au régiment.

— Bah ! d'ici là, nous avons le temps de faire des chefs-d'œuvre... et puis M. Leytric s'arrangera bien pour vous faire réformer !

— Ce n'est plus facile maintenant...

— Mais si, vous verrez, il suffit d'avoir de bonnes protections.

Un bruit de pas interrompit leur causerie. Armand Pradès entra dans l'atelier. Il était très pâle et son animation insolite trahissait une profonde émotion.

— Vous savez la nouvelle ? demanda-t-il d'une voix entrecoupée. Et comme les jeunes gens, subitement angoissés, l'interrogeaient du regard, il reprit :

— La guerre est déclarée !

Lucien et Marguerite se levèrent brusquement et s'approchèrent du sculpteur.

— La guerre ? Quelle guerre ?

Absorbés par leur amour, ne lisant jamais aucun journal, ils ignoraient tout des événements qui, depuis quelques semaines, se déroulaient en Europe.

Ces mots tombèrent sur eux comme la foudre tombe sur un chêne. Tremblants, ils entendirent Armand murmurer :

— Jeanne est sur la plage, je vais la prévenir que je pars tout de suite pour Paris où Tellier me convoque. Il est probable que là-bas je serai mis à la disposition de l'autorité militaire avec mon appareil je ne vous reverrai donc pas... avant la fin de la guerre.

Soudain, Mme Pradès pénétra dans l'atelier. Son visage était calme, seuls ses yeux brillants attestaient sa fièvre intérieure.

— Ah ! tu es là, Armand, qu'est-ce que je viens d'entendre, la mobilisation générale est décrétée, est-ce possible ?

— Hélas ! ma chérie, c'est la triste vérité. Et, par ce télégramme, Tellier m'appelle à Paris d'urgence.

— Mon Dieu, tu pars ? Quand ? Pas tout de suite ?

— Mais si, Jeanne tout de suite, l'auto va venir me prendre à trois heures, dans dix minutes. Allons, ma chérie, sois forte, ne pleure pas.

La jeune femme avait appuyé sa tête sur la poitrine de son mari et sanglotait éperdument.

Ce fut une minute poignante. A son tour, Marguerite se rapprocha de Lucien et se blottit dans ses bras. Pendant de longues secondes, un silence régna, troublé seulement par les baisers et les sanglots des deux couples enlacés.

— Ne nous attendrissons pas, ma petite Jeanne, ou nous sommes perdus... dit Armand. Aie confiance, la guerre sera courte les Anglais sont avec nous ; allons, laisse-moi partir, ma chérie, l'auto va arriver et j'ai quelques objets à préparer.

Lucien s'arracha à l'étreinte de Marguerite, et, s'approchant de l'aviateur, dit :

— Je pars avec toi, Armand !

— Où pars-tu ?

— Tu es fou..., rien ne presse, attends que l'on fasse appel à ta classe.

— Lucien, vous ne partirez pas ! disaient Jeanne et Marguerite.

— Paroles inutiles dit tristement le jeune homme, rien ne pourra m'empêcher de faire mon devoir.

— C'est entendu, dit Armand, ta hâte est ridicule. Attends à demain ou après-demain. Aujourd'hui, tu serais un encombrement pour les bureaux de recrutement, et rien de plus.

— Mais, moi, je t'accompagne jusqu'à Paris, dit Jeanne, cela tu ne peux pas me le refuser.

— Moi aussi, dirent Lucien et Guitty.

— Impossible, je n'ai de place que pour Jeanne. Vous deux, vous viendrez la rejoindre à Paris, si vous voulez, mais en chemin de fer, avec la bonne.

Une sirène hurla lugubrement sur la route.

C'est la voiture, dit Armand. Eh bien, Jeanne, puisque tu veux venir, prépare-toi vite !

La jeune femme sortit et reparut aussitôt, enveloppée d'un long pare-poussière gris. Tous se dirigèrent vers la porte.

— Au revoir, Marguerite, dit Armand en tendant la main à la jeune fille.

Alors, gentiment, elle vint à lui et tendit son front. Il tressaillit et effleura de ses lèvres les frisons des tempes.

M. et Mme Pradès montèrent dans l'auto, une torpedo basse et rapide. Une dernière étreinte réunit ces quatre êtres que la guerre allait séparer peut-être à jamais.

Le moteur gronda et la voiture s'éloigna à toute allure, puis elle disparut à un tournant.

Lucien et Marguerite étaient restés sur le seuil de la porte. Le jeune homme prit un chapeau dans l'antichambre :

— Guitty, je vais jusqu'à la mairie m'informer du centre de recrutement le plus proche et savoir quels papiers sont nécessaires pour mon engagement. Ne pleurez pas, petite aimée, je reviens tout de suite.

Au lointain, vers le quartier du Port, des voix criaient : « Hurrah ! à Berlin ! à Berlin! »

Une heure après, Lucien était de retour à la villa. Mamette, la vieille bonne, vint lui ouvrir la grille. Elle se moucha bruyamment, pour cacher ses larmes.

— C'est-y vrai que vous allez partir aussi, m'sieu Lucien ? Oui ! Ah ! mon Dieu, un enfant si jeune aller à la guerre !

— Où est Mlle Marguerite, ma bonne Mamette ?

— Dans l'atelier. Pauvre petite elle fait pitié, tant elle a de peine !

En effet, Guitty était prostrée sur un fauteuil bas, contemplant son portrait inachevé. Lorsque Lucien entra, elle tressaillit et courut se jeter dans ses bras. Il baisa passionnément le cher visage, buvant les larmes amères et tièdes.

— Alors ? demanda-t-elle.

— J'ai obtenu tous les renseignements que je désirais. C'est à Nantes que j'irai demain signer mon engagement. Marc d'Hunières, que j'ai rencontré à la mairie, m'emmènera dans son auto, nous choisirons le même régiment.

— Mais vous reviendrez ?

— Hélas non, ma chérie. Je serai incorporé de suite, très probablement ; et vous rejoindrez votre mère à Paris, accompagnée de Mamette.

— Pauvre portrait, il ne sera donc pas terminé !

— Quel réveil ma petite Guitty ! Notre beau rêve est fini. Ah ! je pense à cette phrase de Balzac : « Expirer comme le coureur antique, au moment de toucher le but. » Il semble que je serais parti avec plus de courage si vous aviez été ma femme. La mort m'eût semblé moins redoutable, puisque, ayant goûté la suprême volupté de vos caresses, je n'aurais plus rien eu à attendre de la vie ! Ce portrait ébauché est le symbole de notre destin !

— Écoutez, Lucien, approchez-vous tout près, serrez-moi bien fort contre vous, car ce que je veux vous dire est difficile à exprimer... même tout bas. Eh bien, mon aimé, vous ne partirez pas avec le regret de ne pas m'avoir possédée : je serai à vous cette nuit...

— Marguerite taisez-vous, je vous en prie, je ne puis accepter votre sacrifice, non, je ne veux pas abuser de votre pitié, ce serait mal...

— C'est un sacrifice bien modeste auprès du vôtre ; n'êtes-vous pas prêt à donner votre sang pour nous. Ce qu'une formalité eût permis dans huit semaines, les événements m'obligent à vous l'accorder aujourd'hui, tout simplement. Oui Lucien, je suis votre petite femme, votre petite épouse. Lorsque vous reviendrez, nous régulariserons notre union et voilà tout. Car vous reviendrez, j'en suis sûre et bientôt puisque votre cousin affirmait tout à l'heure que la guerre serait très courte.

Mais si, par malheur, vous ne reveniez pas, je regretterais éternellement de ne pas m'être donnée à vous avant notre séparation.

— Ma chère Guitty, comme je me battrai avec vaillance pour me rendre digne de vous, digne de votre tendre folie.

— Ne pensons plus à demain, mon chéri. Soyons tout à la joie de l'heure présente. Nous n'aurons que trop de temps à consacrer à la tris-

Guitty y rencontra Cécile Manuel (page 16).

tesse. Mais ce soir, il faut être gais, c'est notre jour de noces ! Je vais dire à Mamette de préparer un joli dîner qu'elle nous servira dans l'atelier.

— Si Mamette découvrait la vérité ?

— Qu'importe ! D'ailleurs elle ne découvrira rien du tout. Nous serons prudents et vous ne me rejoindrez que lorsqu'elle sera couchée, je laisserai ouverte la porte de ma chambre. Vous voyez que les dieux nous favorisent : en éloignant parrain et maman, ils ont permis la réalisation de mon projet... Mais si vous m'aimiez bien, savez-vous ce que vous feriez ?

— Je devine ce que vous allez me demander !

— Vous feriez dire à Marc que vous ne partez pas avec lui et vous attendriez l'appel de votre classe. Nous aurions ainsi de longs jours pour nous aimer...

Non, Guitty, je ne peux pas dire ça. Je ne vous dirai pas de belles phrases toutes faites sur le devoir, sur le patriotisme. Pas un ne l'était moins que moi, ma patrie, c'était l'art. Mais depuis que je sais la guerre inévitable, un revirement profond s'est opéré en mon esprit. Je sens que j'aurais honte d'être loin du danger pendant que toute la jeunesse de France affronterait le feu. C'est simplement instinctif. Je vous assure qu'aucun autre mobile ne me pousse.

— Je m'incline, Lucien... et il me semble qu'à votre place j'agirais comme vous. Allons, chassons de notre pensée l'obsession de l'avenir, soyons tout à notre amour, rien qu'à notre amour. Songez que nous avons encore toute une nuit de bonheur devant nous, et qu'une nuit de bonheur c'est l'éternité!

Une détonation déchira l'air calme de cette après-midi ensoleillée. Marguerite, tremblante, se réfugia contre la poitrine de Lucien.

— Rassure-toi, ma petite Guitte, ce sont les canons de la côte qui tirent à blanc, dit Lucien en tutoyant sa fiancée pour la première fois.

Mais ce lointain grondement les attrista comme un funeste présage. Quelque chose s'était passé que le monde n'oublierait jamais, des flots de sang sépareraient maintenant les années à naître des temps écoulés.

Unis dans un interminable baiser, les fiancés ne virent point entrer la vieille servante. Celle-ci s'arrêta à deux pas de la porte et, comprenant obscurément ce que cette étreinte avait de sacré, elle s'éloigna sans bruit, pieusement...

XIX

Un soir lugubre de novembre 1914, à Bouzy, en Champagne. La compagnie de Lucien Prades montait en ligne le soir même. Devant les granges, les poilus désœuvrés, devisaient sans entrain en attendant la soupe.

Trois mois s'étaient écoulés depuis que le jeune peintre avait dû quitter, le cœur brisé, Marguerite son épouse d'un jour. Il avait connu les heures mornes du dépôt, l'humiliation des corvées, le joug de la discipline, mal nécessaire.

Puis, pressé de fuir cette lourde atmosphère de caserne, irrespirable pour ce délicat, il avait demandé la faveur de se joindre au premier renfort partant pour le front.

Car il avait connu l'angoisse des longues nuits de garde, le calvaire des relèves dans les tranchées boueuses.

Des camarades avaient été frappés, tout près de lui, par la balle qui les prenait ... l'obus qui déchiquette.

Et il avait connu aussi la peur, cette révolte de la chair qu'il faut vaincre ... à force de volonté. De cette lâcheté purement physique, il avait triomphé et il était devenu un humble ouvrier de l'immense tâche, quelque chose de très infime et de très grand, un poilu.

Auprès du vaste drame universel, son drame intime était devenu tout petit. Il le savait. Pourtant aux heures mauvaises, aux heures de défaillance, l'image de Marguerite s'était souvent dressée devant lui au retour de quelque boyau. La reverrait-il jamais, sa Guitty?

Mais vite, il avait refoulé le sanglot prêt à jaillir de sa gorge et jeté loin de lui le cher, l'amollissant souvenir...

« On remonte ce soir. »

La courte phrase, pleine de sous-entendus menaçants, courait sur toutes les bouches. Et sans le formuler, beaucoup de ces hommes pensaient « serai-je de ceux qui reviendront? »

Lucien sortait du bureau de la compagnie lorsqu'il rencontra Marc d'Humières, son frère d'armes. Marc d'Humières, trois mois auparavant le plus charmant mauvais sujet de Paris, aujourd'hui soldat plein de ..., gardant au milieu des pires aventures, sa gaîté entraînante.

— Tiens, Lucien! Bonsoir, vieux. Dis donc, c'est assez extraordinaire, depuis trois jours que nous sommes au repos à Bouzy, nous n'avons pas trouvé le moyen d'être ensemble seulement cinq minutes. Alors, c'est ce soir qu'on monte au grand casino?

— Oui! il paraît qu'on va prendre les lignes au fort de la Pompelle. Du joli coin où les marmites pleuvent dru comme grêle. Au fait, es-tu ... d'autres aujourd'hui?

— Une seule, de Pornic. Le moral de l'arrière est un ... au meilleur...

des nouvelles de Marguerite ?

— Rien depuis huit jours. Je commence à m'inquiéter.

— Pourquoi ? C'est très naturel avec la lenteur actuelle des services postaux. Il ne faut pas te tourmenter pour cela, tu auras des lettres par le prochain courrier, j'en suis sûr... Tiens, regarde un biplan qui rentre au champ d'aviation. Il devait être très haut, car je l'entendais le moteur depuis longtemps. A propos d'aviateurs, qu'est devenu ton cousin Prades ?

— Je n'ai eu de ses nouvelles que par l'intermédiaire de Marguerite. Armand est en Belgique. Il a accompli là-bas des prouesses qui lui ont valu la médaille militaire. Il expérimente actuellement un nouvel appareil construit par Tellier d'après ses plans : une machine épatante, paraît-il...

Pendant le dialogue des deux amis, l'avion s'était rapproché du sol. Il décrivait maintenant, au ras des toits du village, de grands cercles concentriques. D'Humières qui le suivait attentivement des yeux, passionné qu'il était pour toutes les choses de l'aviation, s'écria tout à coup :

— Mais, sapristi ! ce n'est pas un « Voisin »... Et pourtant à l'escadrille de Bouzy, il n'y a que des appareils de cette marque.

— Regarde donc ce biplan, il est tout à fait curieux. Ma parole, il ressemble à celui que ton cousin pilotait à Pornic... c'est peut-être lui, au fait !

— Tu plaisantes. Armand est en Belgique !

— Qu'est-ce que ça prouve ? La distance ne compte pas avec ces machines-là !

L'avion s'étant éloigné, les jeunes gens ne s'attardèrent pas davantage à discuter cette hypothèse. Ils s'entretinrent du secteur que la compagnie allait occuper à La Pompelle, un mauvais endroit, justement redouté par ceux qui l'avaient déjà hanté. Marmitage incessant, relèves difficiles. Et, tous les jours, des coups de main.

Tout en devisant, ils étaient arrivés à la hauteur du portail de l'église lorsqu'un sous-lieutenant portant les insignes de l'Aviation vint à leur rencontre. C'était Armand Prades.

Les deux cousins s'étreignirent longuement comme deux hommes qui se retrouvent après avoir traversé mille dangers. Après les premières effusions, Lucien s'aperçut que les traits d'Armand étaient altérés par une émotion profonde. Inquiet, il se hâta de l'interroger.

— Que t'est-il arrivé de fâcheux ?

— Quoi ? Tu ne sais donc pas la nouvelle ?

— Quelle nouvelle ? Je n'ai pas reçu une seule lettre depuis dix jours... Son visage m'inquiète... Que s'est-il donc passé ?

— Mon pauvre petit... Il faut donc que tu apprennes cela de moi ! Eh bien, lundi dernier, au retour d'une mission, j'ai trouvé une lettre qui m'attendait à l'escadrille depuis plusieurs jours, une lettre qui m'apprenait que ma pauvre Jeanne avait été tuée le 12 octobre par la bombe d'un avion boche... On m'avait caché la nouvelle le plus longtemps possible : Marguerite, pour expliquer le silence de sa mère, m'écrivait qu'elle était malade, qu'elle ne pouvait écrire... Devant mes questions de plus en plus pressantes, il lui a bien fallu cesser ce pieux mensonge. Voilà la terrible vérité, mon pauvre petit. Hier, ayant appris que ton régiment était au repos à Bouzy, je résolus de venir te voir, pensant que tu avais des détails que je ne possédais pas sur ce drame terrible. »

Marc d'Humières se sentant de trop, prit congé de l'aviateur après lui avoir présenté quelques sobres condoléances et les deux cousins restèrent seuls dans la petite rue déserte, tandis que la sonnerie de l'angélus du soir prenait dans leur cœur les notes d'un glas funèbre.

Après un long recueillement, Lucien demanda :

— Et Marguerite, que va-t-elle devenir, la pauvre chère ? Ira-t-elle habiter avec la tante Goupil ?

— C'est probable, pourtant, elle ne m'a rien dit de ses intentions... Je ne sais d'ailleurs pas si Mme Goupil restera à Paris. Tu sais que son mari, qui avait été incorporé dans un régiment territorial, vient de passer sur sa demande dans une troupe d'active. Je l'ai vu près d'Ypres. Il veut à tout prix venger notre pauvre Jeanne. Mais je ne lui abandonnerai pas ce soin. Quand on eut appris la nouvelle à l'escadrille, les camarades m'ont dit : « Prades, nous vous vengerons tous en déversant des tonnes d'explosifs sur les villes allemandes. » Je les ai remerciés, mais j'ai décliné leur proposition. Ce n'est pas sur des femmes et des

enfants que je me vengerai, mais sur les assassins eux-mêmes : les aviateurs boches.

J'en ai déjà abattu un la semaine dernière, un « Albatros » qui est
allé s'écraser sur Dixmude, et je ne m'arrêterai pas là... Mon nouveau
« tacot » est un terrible engin de combat c'est celui que Tellier a
construit d'après mes plans... veux-tu venir le voir, il est à cinquante
mètres du village...

— Impossible, mon cher Armand, j'entends les sergents de ma compagnie qui crient « rassemblement », il me faut donc te quitter. Tu sais
que nous allons à la Pompelle ce soir, si une occasion se présente pour
moi d'en tuer quelques-uns, je ne la laisserai pas s'échapper... Seulement, avant de t'éloigner, promets-moi que, quoiqu'il arrive, tu veilleras
sur Marguerite et que tu me remplaceras auprès d'elle...

— C'est juré, mon petit. Mais encore une fois, ne t'exposes pas
inutilement pour venger Jeanne. Songe à ta fiancée et n'oublie pas
que tu dois vivre pour elle. Donc, fais ton devoir, mais pas de témérité
inutile...

Les deux cousins tombèrent dans les bras l'un de l'autre et, certes,
un témoin qui eût assisté à la scène et qui eût connu les sentiments qui
animaient ces hommes, n'eût pas trouvé cela si ridicule.

. . . .

Au matin, Marc d'Humières se présenta devant le lieutenant et rendit
compte de sa reconnaissance. Aux premières lueurs de l'aube il avait rampé
jusqu'à l'emplacement de l'abri pour voir si un des nôtres n'avait pas
survécu.

— Mon lieutenant, plus de trace d'abri. Un immense entonnoir dans
lequel gisent des membres broyés, des fragments de chair sans nom... c'est
affreux. J'ai retrouvé près d'un bras sectionné cette plaque d'identité, celle
de mon pauvre ami Lucien Pradès. La voici...

— Pradès, interrogea le lieutenant, Pradès n'était-ce pas ce petit engagé
de la classe 14, un joli gars, plein de cran ? Vous connaissez sa famille ?

— Très bien, mon lieutenant, nous étions ensemble à Pornic.

— Eh bien ! voulez-vous vous charger de leur apprendre la terrible
vérité. De votre bouche elle leur apparaîtra peut-être d'une façon moins
cruelle... Pauvre petit gars, c'est vraiment dommage...

Et ce fut toute l'oraison funèbre de Lucien, simple martyr parmi tant
de martyrs !!!

. . . .

Cécile Manuel frappa à la porte de la concierge. Une vieille femme coif-
fée d'un bonnet crasseux, surgit d'un fauteuil en velours rouge qui avait
dû être bien joli aux alentours de 1830.

— Mme Goupil, s'il vous plaît ?

— Troisième, à droite. Le nom est sur la porte. Mme Goupil est sortie,
mais Mlle Marguerite doit être là...

Cécile en gravissant les degrés de cet étroit escalier cherchait à se
représenter à l'avance quelle Marguerite elle allait retrouver... On était en
novembre et elle n'avait pas revu son amie depuis qu'elle était partie à
Pornic. Les événements terribles qui s'étaient déroulés depuis avaient-ils
influencé l'inquiétante jeune fille ?

A son coup de sonnette la porte s'ouvrit et Marguerite poussa un petit
cri de joie.

— Ma chérie, quelle gentille surprise !

Les deux amies s'embrassèrent à pleine bouche, tout en s'étudiant, avec
cet invincible esprit d'examen dont les femmes ne se départissent jamais,
même dans les conjonctures les plus émouvantes.

Ces trois mois de guerre avaient marqué leur visage de signes indélé-
biles. Désormais, ce n'étaient plus des fillettes au visage rieur, un peu
puéril, c'étaient des femmes...

— Et alors, Cécile, tu es maintenant Mme Jacques Hélan ?

— Mais oui, chérie, depuis le 28 juillet ! Trois jours après Jacques par-
tait. Il est maintenant à l'escadrille de ton beau-père, comme tu le sais, sans
doute. Et toi, ma petite Guitty, tu as été bien éprouvée aussi. Ta pauvre
maman... Je n'ai pas besoin de te dire combien j'ai pris part à ta douleur
et si je n'avais pas été à ce moment chez les parents de Jacques à Nice, je
fusse venue tout de suite auprès de toi...

Des larmes jaillirent des yeux de Marguerite.

— Merci, ma bonne chérie. Je n'ai jamais douté de ton affection. Ah !
oui, j'ai été bien maltraitée par la vie depuis quelques semaines... Cette

dans l'atelier de mon pauvre père, seule, comme aujourd'hui,
maman étant partie travailler chez son vieil historien près de l'Étoile...
Un agent de police entre, me demande si je suis apparentée à
Prades, puis, tout de go, m'apprend la chose atroce... ma mère frappée
aux Champs-Élysées par la bombe d'un avion boche et transportée mou-
à Beaujon. Je courus à l'hôpital, mais là, on m'empêcha de la voir.
Elle avait succombé pendant le transport à l'hôpital. Voilà, comme ma tante
était seule, son mari au front, je suis venue habiter chez elle. Ah !
je te l'ai écrit.

Le récit de la lugubre tragédie, entrecoupée de sanglots, avait jeté
dans une nouvelle crise de larmes. Cécile voulut faire diversion ;
prenant câlinement les mains de son amie, elle lui demanda :

— Et ton petit Lucien, as-tu reçu des nouvelles fraîches de lui ?

— Non. Rien depuis une longue semaine. Je suis très inquiète. Peut-être
aurai-je quelque chose au courrier de ce soir. Je croyais même que c'était
le concierge qui me montait une lettre quand tu as sonné. Tiens, on
sonne, ce doit être elle. Pourvu qu'elle m'apporte un mot de lui !

Cécile resta seule dans l'atelier tout tapissé des peintures de Lucien.
On parlait dans l'antichambre, elle entendit ce dialogue :

— Ciel ! Monsieur d'Humières ! M'apportez-vous des nouvelles de
Lucien, dites ? La voix se fit suppliante. « Des bonnes nouvelles ?... »

— Pas tout à fait bonnes, mademoiselle. Lucien a été blessé.

— Lucien blessé ! Mon Dieu ! Où est-il ? Conduisez-moi vite auprès
de lui.

— Je vous en prie, mademoiselle, calmez-vous. Soyez forte... Vous ne
pouvez le voir, il est très loin...

— Vous ne me mentez pas, n'est-ce pas, monsieur d'Humières, Lucien
n'est que blessé ? Ah ! ne me trompez pas... Jurez-moi que vous me dites
la vérité...

— De grâce, mademoiselle, laissez-moi vous expliquer...

— Non, jurez d'abord... Mon Dieu, vous vous taisez ! Mais parlez donc !
Ah ! je comprends... Lucien est mort !

Cécile poussa la porte de l'antichambre et vit Marguerite toute blanche
qui s'abandonnait dans les bras de Marc d'Humières. Tous deux, sans
changer une parole, la transportèrent dans l'atelier et l'installèrent sur
un divan.

— Monsieur, voulez-vous appeler le médecin. Il y en a un dans cette
maison au deuxième étage. J'ai vu la plaque en montant.

Lorsque le jeune homme fut sorti, Cécile dégrafa le corsage de Marguerite car la jeune fille toujours évanouie ne respirait que difficilement.

Le docteur entra devançant Marc d'Humières. C'était un brave homme
établi depuis longtemps dans le quartier et qui connaissait Marguerite depuis sa prime enfance.

— Voyons, qu'a-t-elle cette petite ? dit-il en se penchant vers la jeune fille.

En quelques mots brefs, Cécile mit l'homme de l'art au courant de ce qui
était passé. Après un rapide examen, le visage du docteur exprima une
surprise extrême :

— Vous êtes parente de Mlle Vély ? demanda-t-il à Cécile.

— Non monsieur, une amie. Mais nous nous aimons comme deux sœurs...
Pourquoi donc, docteur ?

— Diable ! Je ne sais comment vous dire cela... Vous êtes mariée,
dit-il après avoir jeté un furtif regard sur son alliance; eh bien, voilà !
votre amie présente des symptômes non équivoques de grossesse.

— Docteur, dit Cécile après un court silence, je vous remercie de votre
confiance. Je puis compter sur votre discrétion absolue, n'est-ce pas ?

— Naturellement, madame. Et vous pouvez être assurée de toute ma sol-
licitude à l'égard de cette pauvre enfant que j'ai vu naître comme ça.
« Mettez-la au courant, en y mettant des formes, et dites-lui que le
vieux papa Duhamel la soignera comme sa propre fille. Tenez, je n'ai
plus rien à faire ici, voilà votre amie qui ouvre les yeux. Je vous laisse
seule avec elle, votre tâche sera plus facile...

Le médecin sortit, emmenant Marc d'Humières, resté dans l'antichambre et dont la triste mission était terminée.

La conscience revenait lentement à Marguerite et toutes les phases de
la scène se présentaient une à une devant elle. La jeune fille ne pleurait pas,
on eût dit que ce dernier coup avait tari en elle la source des larmes, ce

bienfaisant exutoire. Elle attira près de la sienne la tête blonde de Cécile et murmura :

— Tu vois, ma chérie, je paye aujourd'hui pour tout le mal que j'ai fait. Je me moquais de la religion, je n'étais que vanité... Dieu me punit.

— Mais tu es folle, Guitty. Tes fautes n'étaient que des peccadilles. Toutes les jeunes filles élevées comme toi en ont autant à se reprocher. C'est la vie qui est cruelle, voilà tout...

— Tu ne sais pas tout ce que j'ai fait, toi... mais moi je le sais. Aujourd'hui, c'est le châtiment ! J'ai fait souffrir ceux qui m'aimaient... Si je vivais j'en ferais souffrir d'autres, puisque partout où je passe, je sème de mauvaises passions... Mais c'est fini, dis adieu à la pauvre Guitty et donne-lui ton pardon, tu ne la reverras plus...

— Si je te comprends bien tu veux te tuer, n'est-ce pas ?

— Tu ne te trompes pas.

— Eh bien, tu ne feras pas cela, car tu n'en as pas le droit...

— Et pourquoi, ne suis-je pas libre de disposer de moi-même ?...

— Je te répète que tu n'en as pas le droit. Tu dois vivre pour le dépôt sacré que Lucien t'a confié...

— Que veux-tu dire ? Le médecin t'a dit...

— Que tu allais être mère, oui... Voilà pourquoi tu accepteras les épreuves que la providence t'envoie pour te sauver peut-être... Ses voies sont impénétrables...

— Mais que vais-je devenir ? Je ne peux rester ici, ma tante qui a des principes si rigides me chassera quand elle connaîtra ma position...

— Elle ne saura rien, j'arrangerai cela... Sous un prétexte que j'imaginerai tu viendras habiter avec moi ou avec Mme Salvat, qui aime tant Lucien et qui t'accueillera à bras ouverts. Je me charge de tout. Aie confiance en moi. Va, ma chérie, tu peux encore connaître le bonheur paisible de ceux qui consentent à accepter la vie honnête et dure :

— Ma bonne Cécile, tu me rends à la vie...

— Eh bien ! Fais devant moi le serment de ne pas chercher à mourir

— Je te le jure, ma chérie.

Assises sur le divan placé devant la grande baie de l'atelier, les jeunes femmes virent le dôme du Sacré-Cœur s'empourprer des feux du crépuscule. Cécile désigna du doigt le sanctuaire et dit à Marguerite :

— Voilà le grand refuge de toutes nos misères, de toutes nos douleurs... la prière !

<h2 style="text-align:center">XX</h2>

En juillet 1917 de nombreuses équipes d'ouvriers procédaient à l'édification de nouveaux ateliers que la société des aéroplanes Tellier-Pradès s'était vu obligée d'ajouter à son usine déjà immense du boulevard de la Reine, à Boulogne.

Armand Pradès avait été blessé sur les champs de bataille de la Somme un an auparavant. Amputé du bras droit à la suite de cette blessure, il avait dû interrompre sa belle carrière de chasseur de boches qui le plaçait au premier rang des as, tout près de Guynemer et de Nungesser.

Lorsqu'il fut à peu près valide, Tellier le pressa très vivement de s'associer avec lui pour assurer la construction d'un avion de classe extrêmement vite, dont Pradès avait combiné les plans pendant son inaction forcée. C'est ainsi qu'avait été fondée la célèbre marque des avions « Prad » qui ne devait pas tarder à acquérir une réputation mondiale.

Les établissements « Prad » occupaient maintenant plus de six mille ouvriers, et prenaient chaque jour une extension plus considérable, impuissants à satisfaire aux commandes passées par tous les belligérants coalisés contre l'Allemagne.

Ce matin ensoleillé de juillet une auto militaire stoppa devant les bureaux de la gigantesque ruche et un officier aviateur en descendit. C'était Jacques Hélan, le mari de Cécile qui venait de débarquer à Paris après avoir combattu pendant deux années aux Dardanelles et en Serbie.

Un employé, informé de son désir de voir M. Pradès le pilota au milieu de cette véritable ville industrielle, aux rues innombrables, toute trépidante du bruit de ses machines. Ils arrivèrent ainsi à un élégant pavillon mauresque où étaient installés les bureaux personnels des directeurs de la grande firme.

Le secrétaire de M. Pradès prit la carte que l'officier lui tendait.

— Monsieur le directeur, dit-il, m'avait en effet informé de votre visite, mais il ne vous attendait que ce soir. Toutefois si vous voulez patienter quelques minutes il ne tardera pas à rentrer du conseil d'administration. Voulez-vous l'attendre dans son cabinet de travail, mon capitaine ?

— Volontiers, dit Hélan, car je ne resterai pas longtemps à Paris et je tiens à le voir aujourd'hui.

— Veuillez donc me suivre, mon capitaine, reprit le secrétaire en introduisant Hélan dans un spacieux cabinet de travail qui par sa décoration pleine de goût attestait que le grand industriel se souvenait d'avoir été un délicat artiste.

Resté seul, Hélan admira en connaisseur les toiles précieuses qui ornaient ce studio : une mièvre « Sainte Cécile » de Zampieri, des madones de Luini, Titien, Véronèse et enfin une vaste « Assomption » de Tupolo.

Ces peintures représentaient à elles seules une fortune considérable et laissaient à penser sur ce que pouvait être la richesse de l'amateur qui s'était offert le luxe princier d'une collection semblable.

Après avoir longuement contemplé chacun de ces chefs-d'œuvre le capitaine Hélan feuilleta quelques volumes frais imprimés qui jonchaient une élégante table en marqueterie.

Parmi les plus récents, il découvrit un exemplaire non rogné du dernier ouvrage de René d'Axel « Les As de l'aviation de combat ». En bonne place, près de la biographie de Dorme, il trouva celle d'Armand Pradès. Un confortable fauteuil de maroquin fauve lui tendait les bras il s'installa confortablement et commença sa lecture.

« Armand Pradès, disait le livre, qui constitua et rendit légendaire, dans les annales de l'Aviation, la fameuse escadrille des « Aigles rouges », occupe la neuvième place dans le palmarès des as. Il compte actuellement vingt-deux victoires.

Il a exposé au salon de la Nationale des œuvres très appréciées et son dernier marbre « Cypris », figure d'une grâce incomparable, fut considéré par tous les critiques comme un véritable chef-d'œuvre.

Pourtant ce grand artiste s'intéressait depuis longtemps aux progrès de la locomotion aérienne et il ne devait pas tarder à marcher sur les glorieuses brisées d'un autre sculpteur-aviateur, l'infortuné et héroïque Delagrange.

Pradès, en effet, pilotait dès 1914, un hydroplane construit dans les chantiers de l'ingénieur Tellier, son ami.

En octobre de la même année, un deuil immérité vint frapper ce vaillant. Sa jeune femme fut en effet lâchement assassinée par les aviateurs boches qui tentaient déjà de démoraliser Paris.

Pradès se promit alors de tirer une terrible vengeance de ces bandits et il se tint parole. Le 1er novembre, sur un biplan Nieuport, il attaquait un « Albatros » qui allait s'écraser sur Dixmude. Le 18 du même mois il abattait en flammes un « Rumpler » venu bombarder Compiègne, trois jours plus tard il s'assurait une nouvelle victoire sur un L. V. G. qui survolait Ypres.

En janvier 1915, il comptait déjà quatre victimes lorsqu'il fut grièvement blessé en combat aérien.

Pendant sa longue convalescence, il élabora les plans d'un avion de chasse qui devait devenir le fameux monoplan « Prad ».

Tous nos lecteurs ont encore présents à la mémoire les foudroyants succès que Pradès remporta avec cet appareil, de mai à août 1916. En quatre mois, il totalisa dix-huit nouvelles victoires, ce qui portait à vingt-deux le chiffre de ses victimes.

Hélas, le destin devait bientôt mettre un terme à ces prodigieux exploits, le 10 août 1916, il revenait d'une croisière à l'intérieur des lignes ennemies lorsqu'il se trouva aux prises avec une escadrille de sept « Folker ». Engager le combat dans ces conditions était une héroïque folie. Et cependant Pradès n'hésita pas. Fonçant avec une fougue endiablée dans le groupe des redoutables chasseurs, il en avait déjà abattu deux, lorsqu'une balle dum-dum le blessant au bras droit, l'obligea à terminer cette lutte inégale.

Animé par une énergie surhumaine, il parvint cependant à ramener son appareil dans nos lignes. On le trouva évanoui dans la carlingue baignée de son sang. Les chirurgiens, malgré leurs soins dévoués, ne purent lui conserver son bras littéralement haché par la balle explosive. C'est ainsi que fut frappé en plein essor le valeureux pilote.

Fait chevalier de la Légion d'honneur sur son lit d'hôpital, Pradès ne jugea pas que son labeur fut encore achevé. Dès que ses forces le

Ce Prades qui a donné aux fameux établissements de Prad[es] à Boulogne-sur-Seine le prodigieux développement que l'on connaît.

Les appareils sortis de ses usines comptent des centaines de victoires sur tous les champs de bataille de l'Europe.

La France peut être fière de cet artiste de talent, devenu un héros, un constructeur dont les travaux contribueront pour une part immense à la victoire finale. »

Le capitaine Hélan achevait à peine la lecture de ces lignes lorsque Prades entra dans le cabinet de travail. Les deux hommes échangèrent une énergique poignée de main, tout heureux de se revoir après une longue séparation.

Mais tandis qu'Hélan rayonnait de jeunesse et de joie, le visage [d']Armand Prades reflétait une profonde mélancolie.

— Ah ! dit-il en jetant un coup d'œil sur le livre resté ouvert, vous lisez cette littérature de pacotille, en m'attendant. Malgré la basse flagornerie qui dépare cette prose et quoique mes actes les plus simples y soient embellis à l'extrême, vous savez à peu près tout ce que j'ai fait depuis que nous nous sommes quittés, depuis septembre 1915[...] Je ne me [trompe?]. De vous au contraire, mon cher Hélan, je ne sais rien ou presque rien. Le peu que m'en pouvait apprendre vos lettres trop brèves. Parlez-moi donc de vous.

— Mon Dieu, répondit Hélan, que vous dirai-je ? Comme tout le monde, je me suis battu. Je l'ai fait bien moins brillamment que vous. Mon escadrille ayant été désignée pour faire partie du corps expéditionnaire d'Orient, j'ai survolé cette terre de Macédoine, gorgée de sang, et mes bombes ont ajouté des ruines à ses ruines déjà innombrables.

En un mot je n'ai rien accompli d'extraordinaire, tandis que vous êtes devenu un héros national et un inventeur célèbre comme dit justement ce livre.

Un sourire amer erra sur les lèvres de Prades.

— Oui, reprit-il d'un ton de raillerie, je suis devenu tout cela. Je suis devenu aussi un capitaliste, un nouveau riche, comme on dit ici. La mystérieuse puissance qui bouleverse au gré de son caprice le sort des humains a fait de moi un profiteur de guerre !

« Croyez que je n'en suis ni plus heureux, ni plus content de moi.

— C'est juste, mon cher Armand, j'oubliais la plaie toujours saignante de votre deuil, le souvenir de votre compagne si cruellement assassinée.

— Oui, Hélan, et ce n'est pas tout, j'ai eu à souffrir aussi d'une autre douleur.

— Vous vous souvenez de Marguerite, ma belle-fille, qui fut une intime amie de votre femme !

— Eh bien ! depuis la mort de ma femme elle a disparu sans [laisser] de traces. Je me perds en conjectures sur les causes qui ont pu la [dé]terminer à disparaître. Est-elle morte ? Est-elle [vivante ...] [illegible] Et cette incertitude me [dévore] depuis [...] [illegible] que je [n'ai ...]. Avez-vous [...] à ce sujet ?

— [...] Toutes [démarches seraient] vaines. [...] que maintenant j'incline à croire qu'elle est morte.

— Écoutez, Prades, votre abattement m'est infiniment pénible et [je] vais, pour vous en tirer, faire bon marché de la parole que j'ai donné[e] à ma femme. Marguerite vit, je vous en donne l'assurance. Cécile qui fut de tout temps la confidente de votre belle-fille et qui partageait votre incertitude à son égard a pu savoir récemment que Marguerite menait une vie aussi paisible que peut l'être celle d'une jeune femme frappée dans ses affections les plus chères.

— Ah ! Hélan, Marguerite est vivante ! quelle joie vous me causez. Mais pourquoi cette disparition, pourquoi ce silence ? Qu'ai-je donc fait pour mériter une telle défiance ?

— Mon cher Prades, ne me faites pas outrepasser les limites de ce que ma conscience m'autorise à vous dire. Sachez que bien involontairement j'ai appris beaucoup plus de choses que je ne [voudrais en] savoir sur [...] Marguerite.

Quoiqu'il en soit, vous reconnaîtrez vous-même qu'une jeune femme [...]

se vouant à la solitude, pour rester pleinement fidèle à la mémoire de celui qui aurait dû être son époux, pour éviter de retomber dans un entraînement qu'elle considère comme coupable, a droit à tous les respects...

Marguerite prit l'unique bras d'Armand.... (page 44).

Vous me comprenez à demi-mot, n'est-ce pas, et vous ne souffrirez pas que je m'exprimasse plus clairement sur un sujet aussi délicat.

— Puisque vous parlez ouvertement d'un secret que je me croyais seul à connaître, répondit Pradès, je vous répondrai avec la même franchise. Vous tenez le langage de la raison et je vous sais animé d'excellentes intentions. Je vous en suis reconnaissant. Abandonnons donc, si

vous le savez bien, ce sujet qui m'est particulièrement pénible. Nous
risquerions fort d'échanger des paroles désagréables et de ternir notre
belle amitié.

D'un tacite accord, les deux hommes quittèrent ce terrain brûlant et
donnèrent un autre tour à leur entretien. Ils parlèrent des recherches de
Pradès, des perfectionnements apportés à ses nouveaux appareils, puis
ils se séparèrent, sentant bien, sans se l'avouer, que leur amitié ne sortait
pas indemne de l'entrevue.

Pradès resta seul. D'un portefeuille il sortit une petite photographie
toute fanée par le temps. Et lui l'aviateur célèbre, le constructeur mil-
lionnaire, exactement comme l'eût fait un collégien amoureux, il baisa
la petite image pâlie, pieusement.

XXI

Une telle fidélité dans la passion aurait eu de quoi surprendre chez tout
autre homme que Pradès.

Mais lorsque l'on savait de quels éléments s'était formé le « moi » du
grand industriel, sa conduite s'expliquait et devenait logique. Comme tant
de vrais artistes d'aujourd'hui, Armand avait eu une jeunesse chaste et
contemplative. L'art du sculpteur est peut-être le plus absorbant de tous les
arts et il exige la possession complète de ses fervents.

Voué à des études incessantes, Pradès n'avait donc connu que de bien
les expériences sentimentales lorsqu'il épousa Jeanne. Celle-ci ne possédait
plus le charme invincible de la première jeunesse et les souffrances qui
avaient accompagné sa première union l'avaient prématurément fanée.

Armand s'était donc aperçu, après quelques mois de mariage, que l'incli-
nation très vive qu'il ressentait pour elle, était plutôt d'ordre spirituel que
moral. En tout cas, ce n'était pas du véritable amour. Et voilà pourquoi
le sculpteur n'avait pu opposer qu'une faible résistance au charme capiteux
de Marguerite lorsqu'il avait été amené à vivre dans son ambiance.

Appelé par la suite à s'occuper d'aviation, Armand avait trouvé dans ce
sport passionnant un puissant dérivatif. Puis, la guerre avait éclaté, et les
grands cataclysmes ont le don d'effacer pour un temps les passions du
cœur humain.

Menant une vie trépidante qui laissait peu de place à la rêverie, il avait
donc vécu de longs mois dans une sorte de léthargie sentimentale.

Sa mutilation l'ayant rendu à la vie normale, il avait retrouvé intact
au fond de son âme, l'amour qu'il avait cru mort et qui n'était qu'endormi.

Tout autre homme eût trouvé dans les plaisirs faciles un oubli définitif.
Mais avec un grand caractère comme celui d'Armand, il n'en pouvait être
de même. Pour les cœurs ainsi trempés, l'obstacle est un tremplin qui ne fait
qu'élever la passion.

Que devenait Marguerite pendant qu'Armand Pradès cherchait inutilement sa trace ?

Après la terrible scène où elle avait appris et la mort de Lucien et sa
prossesse, Marguerite était tombée dans une prostration dont le vieux docteur Duhamel se montrait fort inquiet. La crainte de voir sa tante Goupil
découvrir la vérité contribuant beaucoup à ses angoisses il avait résolu de
concert avec Cécile, de l'éloigner pour un temps.

Mme Salvat, la couturière femme de lettres dont le cœur généreux
n'était jamais sollicité en vain, avait insisté pour recueillir la pauvre Guilty.

On avait donc imaginé une petite comédie, dans le but de persuader à
Mme Goupil que sa nièce devait aller passer quelque temps à la campagne, chez les beaux-parents de Cécile.

Et c'est ainsi que Marguerite était venue habiter chez Mme Salvat, rue
Robineau, une petite voie parallèle à l'avenue Gambetta, tout en haut de
Ménilmontant.

La couturière qui avait perdu une fille de l'âge de Marguerite s'était
vite éprise de cette jolie enfant dont elle connaissait le si triste roman. Et
bientôt une véritable affection maternelle l'avait unie à sa protégée.

Mme Salvat, cette humble femme dont les romans si profondément vécus
ont réuni les suffrages des lettrés et du grand public était presque célèbre à
cette époque.

Son dernier livre venait d'être couronné par l'Académie Française et
l'éditeur en avait écoulé rapidement de nombreuses éditions. Mme Salvat ne
s'était pourtant pas laissée griser par le succès : avec une noble généro-

qui avait employé ses bénéfices — assez considérables — à soulager quelques-unes des misères qui fourmillaient dans son entourage.

Le critique Octave Leytric avait lancé ses premiers ouvrages et lui portait une grande amitié. Aussi venait-il souvent lui rendre visite. Cet illustre
écrivain qui dissimule sous des apparences bourrues une exquise sensibilité s'était ému en apprenant la pitoyable aventure de Marguerite et avait
promis à Mme Salvat de faire tout ce qui serait en son pouvoir pour assurer
son avenir.

Un jour, le critique arriva, le visage bouleversé... on venait de lui
apprendre la mort de Paul Seigneur, l'ami de Lucien, belle et originale
figure d'avant-guerre, fondateur de la « Ligue contre la Souffrance ».

Paul Seigneur, pacifiste convaincu, s'était cependant battu comme un
lion et il venait de trouver la mort héroïque aux tranchées de Vauquois.
Leytric, regrettait Seigneur à l'égal d'un fils car le père du jeune philanthrope — un illustre poète du XIXe siècle dont on chuchotait tout bas le nom
— avait été son ami le plus intime.

Aussi s'était-il juré de ne pas laisser périr son œuvre. Une campagne de
propagande organisée par lui eut un immense retentissement. Ce nom de
Paul Seigneur fut vénéré comme celui d'un apôtre et sa ligue, soutenue
par de puissants appuis, prit un développement considérable.

Lorsque cet objectif fut atteint, Leytric désireux de venir en aide à Marguerite d'une façon détournée la nomma commissaire de l'œuvre, en même
temps que Mme Salvat.

Les deux femmes étaient donc devenues en quelque sorte des sœurs de
charité laïques. On les connaissait bien de Grenelle à la Villette, dans tous
les quartiers populeux où elles apportaient toujours le réconfort et parfois
le salut.

A soulager ainsi les cruelles souffrances qu'engendre la pauvreté, le
temps avait coulé, lent et rapide.

Marguerite aux premiers jours d'avril accoucha d'une mignonne fillette
qui reçut le prénom de Lucienne.

La maternité acheva de transformer le caractère de la jeune femme.
De l'inquiétante lycéenne de 1914, il ne restait plus que le souvenir et parfois mesurant le chemin parcouru, Marguerite éprouvait une douce satisfaction en se sentant régénérée et purifiée par la douleur.

Souventes fois dans les journaux, elle lisait avec une vive émotion le
récit des exploits d'Armand. Sans se l'avouer elle était fière d'avoir compris
avant tout le monde la valeur de cet homme. Elle s'était pourtant juré de
ne jamais le revoir car elle sentait bien qu'Armand lui tenait encore au cœur
par les fibres les plus secrètes. Et elle voulait, elle devait rester éternellement fidèle à la mémoire de Lucien.

Mme Salvat à qui la jeune femme s'était confessée avait vite discerné
ce que Marguerite voulait se cacher à elle-même. Son amour pour Armand
n'était qu'assoupi et il suffirait d'une étincelle pour embraser ce cœur gonflé
d'un sentiment contenu à grand peine.

Aussi avait-elle insisté pour que Marguerite persistât dans son silence.
Sur ces entrefaites, l'état de Pradée s'améliora et la presse annonça bientôt
que l'aviateur, en pleine convalescence, prenait la direction des établissements Teller devenus la « Société des Avions Prad ».

Peu à peu le calme était rentré dans l'âme de la jeune mère qui reporta
sur son enfant toute la tendresse dont son âme débordait. D'ailleurs, la
petite Lucienne devenait chaque jour plus jolie.

Ce furent tous les charmants incidents de la première enfance : les que-
nottes qui percent, les pas incertains... Un bébé réclame tant de soins que
Marguerite n'eut plus guère le temps d'évoquer de troublants souvenirs.

Les rares loisirs que lui laissaient son enfant et la « Ligue contre la
Souffrance » la jeune femme les employait à collaborer au nouveau roman
de Mme Salvat.

Octave Leytric, à qui Mme Salvat soumit les essais littéraires de Marguerite l'encouragea chaudement à persévérer et le critique voulut à toute
force publier dans la grande revue qu'il dirigeait les premiers contes écrits
par sa protégée.

Un jour que l'écrivain lui avait apporté la rétribution de ses nouvelles,
Marguerite toute heureuse dit à Mme Salvat.

— Vous voyez, marraine, j'ai retrouvé ma vie, vous savez que j'avais
toujours rêvé de devenir un bas-bleu, grâce à vous et à M. Leytric mon
rêve se réalise. Avec ce que je gagnerai, je pourrai élever Lucienne sans
privations et c'est tout ce que je demande à Dieu. Moi, je ne compte plus...

Or, l'exquise jeune femme qui tenait ce langage désabusé n'avait pas encore vingt ans.

Mme Salvat que cette résignation chrétienne étonnait un peu, elle qui connaissait tout le passé de Marguerite, pensa :

— Est-elle sincère ?

XXII

Par cette resplendissante après-midi de septembre 1917, les derniers ors du soleil automnal cernaient de lumière les folioles flavescentes des tilleuls et dansaient sur les marbres moussus du Père-Lachaise.

Une jeune femme portant les voiles sombres du deuil priait, agenouillée devant une tombe. A son côté une bambine de deux ans épelait lentement les lettres gravées dans la pierre.

« Ici repose
« MADAME JEANNE PRADÈS NÉE GARDEL
« décédée le 12 octobre 1914 »

— C'est grand'mère qui s'appelait Zeanne ? zézaya la mignonne.

— Oui, ma chérie, répondit la jeune mère, et, attirant l'enfant sur sa poitrine, elle l'embrassa tendrement.

— Et papa, où qu'il dort, lui ?

— Ton papa, murmura la femme en deuil, il dort là-bas, tout là-bas, en Champagne...

— Pauvre papa, comme il est loin, dit la petite dont un rayon aviva le cuivre fin des boucles.

Nul n'aurait reconnu en cette effigie endeuillée Marguerite Vély, l'inquiétante et souple fillette de 1914. La pâleur de son visage, le voile ternissant le lapis de ses grands yeux témoignaient d'une profonde blessure morale. Elle n'avait pas été épargnée par la vie, la précieuse poupée promise à toutes les joies.

Un officier descendant une allée accidentée s'arrêta soudain à la vue du joli groupe formé par Marguerite et le baby. Une vive émotion crispa les traits de son visage amaigri, mais il la maîtrisa et continua sa marche. Le gravier crissa sous ses pas ; Marguerite, toujours agenouillée, tourna la tête et frissonna en reconnaissant Armand Pradès.

Son képi à la main, l'officier arriva près de la tombe. La jeune femme se leva et, sans un mot, tendit la main à Armand. Un long silence pesa sur ces deux êtres dont un trouble indicible affolait les cœurs, cependant que la petite Lucienne ânonnait toujours paisiblement les lettres de l'inscription.

D'une voix faible presque éteinte, Armand balbutia :

— Pardonnez-moi, Marguerite, le caractère théâtral de cette rencontre qui pourrait vous faire croire à du cabotinage de ma part. Je vous jure que le hasard, seul, nous a ménagé cette entrevue. Je venais me recueillir sur cette tombe, jugez de ma surprise lorsque je vous ai aperçue, vous que je n'avais pas revue depuis plus de trois ans.

— Vous me trouvez changée, n'est-ce pas ? Il est vrai que depuis le jour où vous avez quitté Pornic avec maman, bien des douloureux événements se sont accomplis.

— Hélas ! oui. Ma pauvre Jeanne mit tant d'insistance à m'accompagner que je dus lui céder. Elle devait avoir un obscur pressentiment de sa fin prochaine. Mais, Marguerite, puisque je vous retrouve aujourd'hui, vous ne pourrez refuser d'expliquer votre étrange attitude à mon égard. Permettez-moi de vous demander quels mobiles vous ont poussée à disparaître aussitôt après la mort de votre mère. Lorsque je suis venu en permission pour la première fois j'ai fait l'impossible pour retrouver votre trace. En vain ! Ah ! vous étiez bien cachée... Personne ne put me dire ce que vous étiez devenue, pas même votre amie Cécile, pas même votre tante Goupil, qui vous avait tant choyée. Je me perds encore en conjectures sur les causes de cette bizarre disparition. Et je vous le demande maintenant : pourquoi avoir rompu les liens qui vous unissaient à moi alors que la mort de votre mère aurait dû les resserrer ?

— Ne me jugez pas mal, Armand. Je vais me confesser à vous, vous dire ce que fut ma vie depuis les heures tragiques d'août 1914.

Lorsque vous eûtes quitté Pornic, maman et vous, nous restâmes seuls à la villa, Lucien et moi. Seuls ou presque, puisque la pauvre vieille Mamette comptait si peu. Vous vous souvenez que Lucien avait manifesté son intention de s'engager au plus tôt. Le soir de votre départ, il m'informa qu'il rejoignait le lendemain un régiment d'infanterie de Nantes.

Je savais combien il m'aimait et son abnégation me parut admirable. Quelle lutte avait-il dû soutenir contre sa tendresse avant d'en arriver là ! Et s'il s'était résolu au sacrifice, ce n'était pas sans en souffrir atrocement. Moi grisée par la folie généreuse qui régnait sur des cœurs en ces instants tragiques, je me donnai à lui la nuit de son départ. A l'aube de notre nuit nuptiale, ce fut le déchirement de l'adieu. Hélas ! oui, de l'adieu, car je ne devais plus le revoir...

Quelques jours après, je rejoignis maman à Paris. Une nouvelle épreuve m'attendait là, ma pauvre mère fut tuée le 12 octobre, dans les circonstances que vous connaissez.

J'allai donc habiter chez la tante Goupil, c'est chez elle que j'appris et la mort de Lucien et ma grossesse...

Mme Salvat, cette admirable femme, dont vous connaissez certainement les ouvrages, me recueillit. Elle berça ma douleur et réussit à l'atténuer à force de tendresse. Enfin Lucienne naquit. Pour elle, je trouvai le courage de vivre.

Je suis devenue secrétaire de la « Ligue contre la Souffrance », et en soulageant les misères des autres, j'ai peu à peu oublié la mienne. Voilà quelle fut ma vie, depuis trois ans...

— En effet, ma pauvre Guitty, vous avez été durement éprouvée, vous aussi. Mais ce que vous m'avez appris ne m'explique pas pourquoi vous vous êtes cloîtrée dans votre retraite sans jamais me donner signe de vie.

— Vous ne comprenez donc pas, Armand, que je n'aspirais qp'à me faire oublier de vous. Ainsi, vous eussiez toujours ignoré ma faute, ma déchéance...

— Pourquoi parlez-vous de faute, de déchéance ? N'avez-vous pas agi noblement en vous donnant à Lucien ? Allons, Marguerite, soyez franche, c'est pour d'autres motifs que vous m'avez fui. Vous vous souveniez trop de ce qu'il y avait eu entre nous, jadis. Ne cherchez pas à me dissimuler la vérité, je vous en prie. Votre amie Cécile m'a tout avoué, entendez-vous, tout... Vous m'avez aimé, Marguerite ! Et moi aussi je vous ai désirée éperdument, follement, lorsque vous étiez une fillette complexe et troublante.

C'est le souvenir de ce mutuel penchant qui vous a fait me fuir...

— De grâce Armand, ne tenez pas un tel langage près de cette tombe.

— Pourquoi Marguerite. Croyez que si les morts nous entendent, ils ne partagent pas nos misérables préjugés ! Je vous assure que nous pouvons parler en toute liberté devant le tombeau de celle qui fut la compagne de mes années de doute et de misère. Vous, sa fille, vous me fuyez, parce que vous m'aimez encore, ne le niez pas. Et moi, je vous adore depuis toujours, vous le savez, n'est-ce pas ? Eh ! bien, Marguerite acceptons de la vie le peu de joie qu'elle peut nous donner. Ne laissons pas de vaines convenances nous barrer la route.

Vous souvenez-vous, Guitty, j'avais projeté, jadis, de sculpter, d'après vos formes harmonieuses, une nouvelle « Cypris ». Eh bien ! regardez, Marguerite, mon bras droit, c'est un bras artificiel. Ne pleurez pas dites... il me faut renoncer pour toujours à ce rêve de donner à votre gracieuse silhouette l'éternité du bronze. Il me faut renoncer à jamais à mes ciseaux et à mes ébauchoirs.

Refuserez-vous d'être ma compagne, ma consolatrice, Marguerite... ? Je suis réformé, vous êtes libre. Donnez un père à votre petite Lucienne.

— Armand, murmura Marguerite, je vous ai aimé, je vous aime encore, c'est vrai... Je l'ai bien senti à la pitié qui m'a bouleversée, lorsque vous m'avez montré votre bras mutilé. Notre liaison, qui eût été jadis, criminelle, infâme, est possible aujourd'hui. Et cependant, je vous dis : Renoncez à moi. Ne croyez pas que je redoute les jugements de notre entourage. Mais, puis-je oublier que vous avez été le mari de ma mère. La pensée de vous appartenir me révolte. Je croirais profaner le souvenir de la chère disparue en prenant sa place auprès de vous. On n'a pas le droit d'édifier son bonheur sur la cendre des êtres chers, au prix des plus viles compromissions.

Une immense détresse se peignit sur les traits énergiques de l'officier.

— Ne vous ai-je retrouvée que pour vous perdre sans recours, Margue-

— Vous ai-je dit que je refusais votre amitié ? Non, mon ami, je ne l'ai pas perdue pour vous. Il n'y a pas que l'amour physique. Il n'y a pas que la fugitive étreinte des corps. Si je refuse de devenir votre femme, votre maîtresse, je suis prête à vous donner le meilleur de moi-même, une âme régénérée par la douleur. Si vous m'aimez vraiment, soyez mon ami, mon frère aîné... Le voulez-vous, dites ?...

— Oui, Guitty, je le veux, je le désire ardemment le don de votre cœur. Mais si plus tard, beaucoup plus tard, votre répugnance disparaît, ne reviendrez-vous pas sur votre décision ? Les années sont longues et la faculté d'oubli toute puissante.

La jeune femme ne répondit pas. Certains silences équivalent à des acquiescements. Puis, comme des gens endeuillés s'approchaient, Marguerite prit l'unique bras d'Armand et, après un dernier regard accordé au médaillon de Jeanne, ils descendirent la tortueuse allée qui, à travers les tombes, les menait vers la rue, vers la Vie...

XXIII

Le 11 novembre 1918, Armand Pradès sortait de l'Aéro-Club en compagnie de Tellier et d'autres aviateurs en renom. Un vin d'honneur avait été offert au constructeur par ses camarades à l'occasion d'une décoration que le gouvernement anglais venait de lui accorder.

Paris, délivré par l'Armistice du cauchemar qui pesait sur le monde depuis plus de quatre ans, fêtait bruyamment la victoire.

Les aviateurs arrêtés sous le péristyle de l'hôtel contemplèrent un instant le spectacle inoubliable que présentait la place de la Concorde, toute jonchée de trophées.

Pradès prit congé de ses amis et s'approchant de sa voiture, une somptueuse limousine il donna au chauffeur cette peu aristocratique adresse :

« Rue Robineau. »

Depuis qu'il avait retrouvé Marguerite au Père-Lachaise une vie nouvelle avait commencé pour lui. Autorisé à venir souvent chez Mme Salvat, Pradès avait vécu des heures délicieuses dans l'intimité de Marguerite et de la petite Lucienne.

Sachant bien qu'il offenserait la jeune femme en lui offrant de l'argent, il s'était contenté de donner des sommes considérables à la « Ligue contre la Souffrance » dont il était devenu un des principaux bienfaiteurs. Il avait ainsi fait la conquête de Mme Salvat qui aimait les pauvres par-dessus tout. Quant à Lucienne, Armand la comblait de jouets magnifiques et l'enfant adorait le « grand oiseau » qu'elle appelait ainsi depuis qu'on lui avait expliqué ce que c'était qu'un aviateur...

Une brusque secousse tira Pradès de sa méditation.

La limousine trouvant enfin le champ libre après la place de la République, après avoir monté à bonne allure la grande avenue qui aboutit au Père-Lachaise, stoppait dans la rue Robineau, toute obscure et déserte.

Armand, impatient d'arriver, gravit lestement les degrés du misérable escalier de cette maison ouvrière.

On l'attendait, car la porte s'ouvrit avant qu'il n'eut frappé et la petite Lucienne se jeta dans ses bras.

— Bonjour, grand oiseau, qu'est-ce que tu m'apportes de beau aujourd'hui ?

Le constructeur après avoir reposé l'enfant à terre lui remit un grand carton de forme oblongue que la petite se hâta de déficeler. Mme Salvat et Marguerite qui écrivaient sous la lampe se levèrent et vinrent au-devant de lui.

— Cette fois, c'est signé, dit Pradès tout joyeux. Les gothas ne vous imposeront plus de séjour à la cave, Mme Salvat...

— Et surtout l'effroyable tuerie est arrêtée, répliqua la couturière. Quel beau jour pour les soldats, quel beau jour pour les mères et pour les épouses. Ah ! mais autre chose, monsieur Pradès, j'ai un service à vous demander. Pouvez-vous me prêter votre voiture pour aller chez M. Levine que je dois absolument voir avant le dîner... J'en ai pour une demi-heure.

— Très volontiers, madame. Mon chauffeur est à vos ordres.

— Moi je veux aller avec grand'mère pour promener ma fille, dit Lucienne qui portait gravement dans ses bras la belle poupée rose que venait de lui remettre Armand.

[...] avant accepté, dit gaiement Mme Salvat, sa voix, [illegible] quittèrent
laissant seuls le jeune homme et Marguerite, ce qui ne leur était jamais
arrivé depuis qu'ils s'étaient rencontrés au cimetière.

Un peu gênés par leur tête-à-tête, tous deux restèrent un moment silenc-
ieux. Lui feuilleta une brochure ouverte sur la table, tandis qu'elle feignait
de chercher dans la bibliothèque un livre hypothétique.

— Marguerite, murmura enfin Armand un peu enhardi, Marguerite ne
voulez-vous pas que ce jour de fête et de victoire soit pour moi le premier
jour d'une ère de bonheur ?

— Souvenez-vous du « Peut-être » que vous m'avez dit sur la tombe de
ma mère, le jour où je vous ai enfin retrouvée. Depuis douze longs mois
que j'ai vécu près de vous, jamais, je ne suis sorti de la réserve que je
m'étais imposée, jamais je ne vous ai reparlé de mon amour. Mais aujour-
d'hui que tout un peuple vibre de joie, ne voulez-vous pas d'un mot, me
rendre le plus heureux des hommes ?

— Aucun obstacle ne se dresse plus entre nous. Quatre longues années
se sont écoulées depuis la mort de Lucien, votre fille m'aime comme un
[illegible]. Voulez-vous récompenser ma longue patience, voulez-vous enfin être
[illegible], Marguerite ?

— Armand, répondit lentement la jeune femme, je vous pardonne
d'avoir failli à votre parole aujourd'hui. Pourtant, les raisons que j'invo-
quais il y a un an pour refuser votre nom sont toujours valables. Hélas !
nulle puissance humaine ne peut empêcher que vous ayez été le mari de
ma mère et cette pensée seule me fait envisager avec horreur votre proposition.

— Je comprends bien votre répugnance, ma chère Guitty reprit Prades,
je vois que je m'étais leurré de vains espoirs. Vous serez toujours inflexi-
ble parce que vous ne m'aimez pas ! Si vous m'aimiez vraiment, ne trouve-
riez-vous pas la force de rejeter loin de votre pensée tout ce qui peut nous
séparer...

— Taisez-vous, interrompit Marguerite, taisez-vous, vous n'avez pas le
droit de parler ainsi ! Moi, je ne vous aime pas, osez-vous dire... Ah ! quel
mal vous me faites...

— Écoutez Armand, reprit-elle après une courte pause, quand Mme Salvat
[illegible] je lui rapporterai vos paroles et je lui demanderai quelle détermination je dois prendre. Si elle me dit d'accepter votre main, eh bien, je
[illegible], je serai votre femme...

Armand, rempli d'une indicible émotion, saisit les mains de la jeune
[illegible] et les couvrit de baisers en balbutiant :

— Mon aimée, ma petite chérie, que vous êtes bonne, je crois vivre dans
un rêve trop beau qu'un dur réveil emportera. Ah ! je vous ferai
[illegible] je t'aime, mon adorée.

[illegible] interrompu par un bruit de voix qui se faisait entendre, dans le
corridor, Mme Salvat parut suivie de la petite Lucienne.

À l'attitude embarrassée du couple, elle comprit que quelque chose de
décisif s'était passé pendant son absence.

— Monsieur Prades, dit-elle pour ne pas paraître remarquer leur émotion
[illegible] votre voiture est une merveille de confort et de vitesse, vous voyez,
[illegible] voilà déjà de retour... A propos, votre chauffeur m'a prié de vous rappeler qu'il attendait votre autorisation pour repartir.

— Très bien, je vais lui donner des ordres, répondit Armand, enchanté
[illegible] prétexte qui lui permettait de s'esquiver et de laisser Marguerite
demander conseil à Mme Salvat.

— Ma chère enfant, dit la couturière lorsqu'il fut sorti, je devine à
peu près ce qui vient de se passer et je vois que vous brûlez d'envie de
parler, je vous écoute.

— Marraine, je n'ai rien à vous dissimuler. Armand m'a demandé
d'unir ma vie à la sienne avec une telle insistance que j'ai promis de vous
demander votre avis et de m'y conformer quel qu'il soit.

— Eh bien, petite Guitty, en toute conscience, je crois qu'il serait
inhumain de prolonger plus longtemps cette situation équivoque. Malgré
toutes les préventions que vous pouvez conserver, n'hésitez pas, acceptez.

À peine Mme Salvat avait-elle prononcé ces paroles que le constructeur rentra. Simplement, la couturière lui prit la main et la mettant dans
celle de Marguerite, elle dit en souriant :

— Monsieur Prades, souvenez-vous du 11 novembre 1918, c'est la date
de l'Armistice, et c'est celle de vos fiançailles.

Le dîner fut très gai. Marguerite semblait avoir vaincu ses dernières hésitations et Armand, au comble du bonheur, fit montre d'une verve étourdissante qui contrastait étrangement avec sa gravité habituelle.

.. ..

La soirée était déjà très avancée, lorsque la sonnerie de la porte d'entrée se fit entendre.

— Une visite, s'étonna Mme Salvat, qui donc peut bien venir à cette heure ?

Tout à coup, dans l'antichambre, Mme Salvat poussa un cri terrible, un cri de femme égorgée. Tous se levèrent brusquement et coururent vers la porte, croyant à une agression ou à un accident, mais Mme Salvat, rentrant dans la salle à manger, les écarta d'un geste impérieux. Sur son visage, aux traits bouleversés, se lisait une angoisse inexprimable. Avant qu'elle eut pu prononcer une parole tous comprirent son émoi en voyant surgir du couloir obscur, un fantassin portant l'ancienne tenue d'infanterie, capote bleu foncé et képi rouge. C'était Lucien !..

C'était lui ou plutôt c'était son spectre. Son corps décharné, aux angles squelettiques, flottait dans ses vêtements loqueteux et souillés de boue. Le visage, livide comme celui d'un cadavre, ne vivait que par les grands yeux bouillants de fièvre et de bonheur.

Marguerite, sans pouvoir prononcer une parole, porta ses mains à son cœur comme si elle l'eut senti éclater et s'affaissa, évanouie, dans les bras de Mme Salvat.

Quant à Armand, il restait cloué au sol, la langue paralysée, incapable de se ressaisir. Une foule d'idées contradictoires se heurtaient dans son cerveau sans qu'il put s'arrêter à l'une d'elles. Il se sentait devenir fou.

Au bout de quelques minutes, il reprit enfin conscience de la réalité et il ouvrit ses bras à Lucien.

De toute la ville, des cris joyeux montaient toujours, mêlés de chants et de musique de danses...

XXIV

Le lendemain de cette soirée inoubliable, M. Duhamel, le vieux docteur sortait de la petite chambre où Marguerite reposait

Armand et Lucien qui l'attendaient anxieusement l'interrogèrent.

— Comment va-t-elle, docteur ?

— Eh bien ! messieurs, je suis content, très content. Nous échapperons certainement à la fièvre cérébrale que je redoutais tant. Le terrible choc causé à Marguerite par la résurrection de son fiancé, a jeté cette enfant dans un état fébrile dont les suites auraient pu devenir fort graves. Il n'en est heureusement rien, car ce soir, le pouls est beaucoup moins affolé que ce matin. Allons ! nous en serons quittes pour la peur.

— Ah ! merci, docteur ! Elle est sauvée, n'est-ce pas ?

— J'en réponds. Mais vous, Messieurs, qui avez passé la nuit dernière à son chevet, vous avez besoin d'un peu de repos car je vous assure que vous avez de fort vilaines figures. Au revoir, messieurs et à demain...

— Je suis un peu rasséréné, dit Lucien à Armand, lorsque le médecin fut dans l'escalier. Quand je pense que je pouvais la tuer !

— Evidemment répondit Armand, il eut été préférable que tu la prévinsses mais tu ne pouvais guère t'attendre à la retrouver là.

— Certes non. Je venais au contraire, avertir Mme Salvat de mon retour et la prier d'en informer Marguerite avec tous les ménagements nécessaires.

— Maintenant que nos alarmes sont un peu calmées, reprit Armand, te sens-tu le courage de me faire le récit de ta captivité et de me dire surtout par quelle inconcevable fatalité tu n'as pu donner de tes nouvelles.

— Voilà mon odyssée en quelques mots. Tu sais ce qui s'est passé à la Pompelle, le soir de notre dernière rencontre, n'est-ce pas... Eh bien, nous avions pu traverser le « No man's land » sans essuyer un coup de feu et nous approchions de l'abri à détruire lorsque deux boches, aux écoutes dans un trou d'obus, se levèrent entre nos jambes.

Je me jetai sur le plus proche et ne pouvant, ni l'un ni l'autre, faire usage de nos armes nous nous battîmes à coups de poing. J'avais affaire à un rude adversaire, vigoureux et frappant dur, mais la rage décuplait mes forces et je parvins à le terrasser. Ce premier résultat obtenu, j'aupelai à l'aide pour enlever ma capture, mais les Français étaient déjà entrés dans l'abri.

Tout à coup, deux autres Boches, venus je ne sais d'où, me tombèrent dessus et, après m'avoir assommé à coups de crosse, me ligotèrent et me mirent un bâillon.

Je reprenais à peine mes sens dans la tranchée, où les Allemands m'avaient traîné, qu'une formidable explosion se produisit : c'était l'abri qui sautait avec tous mes camarades.

Les boches poussèrent des « Hoch » de satisfaction et me jetèrent dans une sape à moitié mort de coups.

Le lendemain, ils me conduisirent à Asfeld-la-Ville, un petit bourg situé au Nord de Reims et où se trouvait leur quartier général d'armée. Là, je comparus devant un colonel bavarois d'une grossièreté inouïe et je subis l'interrogatoire habituel. Naturellement, je ne voulus donner aucun renseignement de nature à compromettre le sort de mes camarades.

Furieux, le colonel me fit jeter au cachot et je restai là quatre mortelles journées, presque complètement privé de nourriture.

Un soir que mes gardiens faisaient ripaille avec du champagne volé à Reims, je pus profiter de leur ivresse et m'enfuis.

Hélas, je ne pus aller bien loin. Le jour suivant une patrouille me capturait près de Brimont, au moment où j'allais traverser les lignes. En luttant contre les hommes chargés de m'arrêter je blessai assez grièvement leur chef, un sous-officier à face de brute. Dans ces conditions, je m'attendais à être fusillé sans jugement, et pourtant mes prévisions ne se réalisèrent pas. Je fus ramené devant le colonel qui m'avait déjà interrogé. L'immonde personnage tremblait de fureur.

— Ah ! me dit-il, c'est vous, bandit, qui avez voulu assassiner le gradé chargé de vous arrêter. Je devrais vous faire fusiller comme un chien; mais j'ai réfléchi, ce serait une mort trop douce. Je vais vous faire envoyer dans un camp de représailles et je donnerai des ordres pour que vous soyez privé de correspondance pendant toute la durée de votre captivité. Ah ! vous nous traitez de barbares, messieurs les Français, ricana-t-il, vous voyez pourtant que nous ménageons vos sales peaux...

Le misérable tint parole ! Je fus emmené au camp de Darmstadt, dans le duché de Hesse et soumis à un régime spécial. Jamais, je ne pus écrire, jamais, jamais...

J'avais une peur atroce que vous me crussiez mort, car je m'étais aperçu de la disparition de ma plaque d'identité et j'essayai tout pour vous faire parvenir de mes nouvelles. Je soudoyai des gardiens qui me vendirent, je confiai des lettres à des camarades qui s'évadèrent et qui furent repris... Ah ! quel calvaire, mon pauvre vieux et cela pendant quatre ans !

— Les misérables ! murmura Armand tout ému. Comme tu as dû souffrir... Enfin, tu vis, c'est le principal. Près de Marguerite et de ta fille, tu oublieras toutes tes tortures. Ta part n'est pas la plus mauvaise, va Lucien...

— C'est vrai... Il me semble que je fais un rêve trop beau et que je vais me retrouver là-bas dans ma cellule... Enfin, chassons le souvenir de ce cauchemar maintenant que l'état de Marguerite n'est plus inquiétant, je vais aller à la Place pour faire régulariser ma situation militaire.

Et Lucien sortit après avoir jeté un regard brûlant d'amour sur la chambre où reposait Guitty.

Lorsqu'il fut sorti l'expression joyeuse du visage d'Armand tomba comme un masque. Les événements s'étaient succédé avec une telle rapidité depuis la veille qu'il n'avait pas encore eu le temps de se ressaisir.

Hier, à cette même heure il exultait de joie, et maintenant tout s'était effondré autour de lui. Il n'avait même pas la ressource de maudire son malheur puisque c'était le retour inespéré d'un être cher qu'il aimait qui l'avait causé.

Allons, sa présence auprès du jeune couple était impossible, il lui faudrait partir, partir bien loin et ne jamais revenir...

La petite Lucienne entra et lui voyant les yeux embués de larmes, elle vint câlinement s'asseoir sur ses genoux.

« Pourquoi pleures-tu, grand oiseau ? Ecoute, je t'aime toujours, et puis, mon papa qui était mort je n'en veux pas, c'est toi mon vrai papa...

Mme Salvat, qui passait dans la pièce, entendit les paroles ingénuement cruelles de l'enfant. Saisie de pitié elle s'approcha de Pradès :

« Mon pauvre ami, dit-elle en lui prenant les mains, devant votre douleur, on ne peut que répéter le grand mot vide et tragique, le seul que l'on ait jamais trouvé pour expliquer ce que nous ne comprenons pas : c'est la Fatalité... l'inexorable et insondable loi du destin. »

Et, en entendant ces paroles, il pleura, lui, le grand industriel, lui le triomphateur de vingt combats en plein ciel.

.. .. Quinze jours plus tard, Lucien, Marguerite et leur enfant allèrent reconduire à Saint-Nazaire, Armand Pradès qui s'embarquait pour le Nouveau Monde. Il allait installer là-bas d'immenses usines pour l'exploitation de ses brevets.

Tel était du moins le prétexte que le constructeur avait trouvé pour justifier son éloignement.

Armand embarqué, Lucien et Marguerite vinrent à Pornic accomplir un pieux et mélancolique pèlerinage.

Dans la villa Stella, qui n'avait jamais été habitée depuis la mobilisation, ils retrouvèrent le portrait inachevé de Marguerite. Sous l'ignoble moisissure causée par l'humidité, Lucien put discerner l'image à demi effacée par le temps de la fillette de 1914. Et il éprouva un petit serrement de cœur en constatant combien la Guitty d'aujourd'hui était différente de la Marguerite d'autrefois.

Certes, elle était toujours jolie, plus jolie peut-être qu'avant la guerre, mais ce n'était pas ainsi qu'il l'avait aimée, ce n'était pas ainsi qu'il l'avait évoquée, tant de fois, dans sa prison.

Hélas, notre rêve réalisé, ce n'est jamais plus notre rêve...

La petite Lucienne qui jouait avec la palette et les pinceaux abandonnés éclata soudain en sanglots, et comme sa mère lui demandait la cause de son désespoir enfantin, elle bégaya :

— Le grand oiseau est parti et moi je veux aller le retrouver. C'est mon vrai papa...

Quelle voix mystérieuse murmura donc alors dans le tréfonds de Marguerite « le grand oiseau est parti, mais son cœur est resté là... »

La petite, enfin consolée, Lucien et Marguerite s'assirent devant une large baie de l'atelier d'où l'on voyait l'Océan.

— Regarde, Guitty chérie, dit le jeune homme, la Mer n'a pas changé depuis quatre ans que les peuples s'égorgent. Comme nos misérables agitations paraissent petites auprès de ces choses éternelles... Nous pouvons croire que nous sortons d'un long cauchemar...

— Hélas, Lucien, trop de tombes nous rappellent que ce n'était pas qu'un cauchemar. Tous ces morts...

— C'est vrai, reprit Lucien, le bonheur rend égoïste. J'oubliais tous mes camarades tombés, Jacques Hélan, Max d'Humières, Paul Seigneur, l'oncle Goupil et combien d'autres. Nous avons bien souffert, c'est vrai, mais nous sommes quand même des privilégiés. Ne crois-tu pas qu'il y a quelque chose de plus que le hasard dans notre réunion miraculeuse ? Nous pouvons dire, sans exagérer que, Dieu aidant, nous avons vaincu la mort...

Marguerite ne répondit pas. Au fond d'elle-même, la voix mystérieuse répliqua :

« Et moi, j'ai vaincu l'amour... »

RIVALE DE SA FILLE

Par Paul de GARROS

C. 230 — Imp. de la Bourse de Commerce (G. Bureau), 35 rue J.-J.-Rousseau, Paris

www.ingramcontent.com/pod-product-compliance
Ingram Content Group UK Ltd.
Pitfield, Milton Keynes, MK11 3LW, UK
UKHW021632090726
13657UKWH00004B/1586